U0454665

卓尔文库·大家文丛

悠悠此心

高莽 著

海天出版社（中国·深圳）

图书在版编目（CIP）数据

悠悠此心／高莽著．—深圳：海天出版社，2018.1
（卓尔文库·大家文丛）
ISBN 978-7-5507-2056-5

I. ①悠… II. ①高… III. ①随笔－作品集－中国－当代 IV. ① I267.1

中国版本图书馆 CIP 数据核字 (2017) 第 173021 号

悠悠此心
YOUYOU CIXIN

出 品 人：聂雄前
责任编辑：韩慧强　王媛媛
责任技编：梁立新
装帧设计：浪波湾图文

出版发行：海天出版社
地　　址：深圳市彩田南路海天综合大厦（518033）
经　　销：全国新华书店
印　　刷：深圳市华信图文印务有限公司
开　　本：889mm×1194mm　1/32
字　　数：164 千
印　　张：8.5
版　　次：2018 年 1 月第 1 版第 1 次印刷
定　　价：45.00 元

策　　划：⚑大道行思文化传媒有限公司
地　　址：北京市海淀区蓝靛厂南路 55 号金威大厦 707—708 室（100097）
电　　话：编辑部（010-51505219）　　发行部（010-51505079）
网　　址：www.ompbj.com　　邮箱：ompbj@ompbj.com
新浪微博：@大道行思传媒　　微信：大道行思传媒（ID：ompbj01）
大道行思公司常年法律顾问：天驰君泰律师事务所律师冯培，电话：010-61848179

海天版图书版权所有，侵权必究。

海天版图书凡有印装质量问题，请随时向承印厂调换。

目 录

辑一

我的家 002

白 雪 009

丁 香 011

教 堂 013

钟 声 015

哈尔滨——多么动听的声音 020

我的母校 028

妈妈的手 035

妻 038

默默的壮丽——悼楷哥 047

辑二

我们的大旗——忆冯至 052

感念恩师——忆戈宝权 059

永远是兵——忆华君武 067

盗火者与养花的老人——忆曹靖华 076

俄罗斯文学翻译大家——记草婴 087

大 树——记钱锺书与杨绛 102

杰出的东方学者——记季羡林 106

老画家董寿平 109

摄魂能手丁聪 113

爱听酒后之言——记张守义 118

辑三

凤凰涅槃——悼念阿赫马托娃逝世50周年 122

孤独的灵魂——女诗人玛·茨维塔耶娃 134

让心灵保持平衡——鲍·帕斯捷尔纳克 145

忆一段往事 155

辑四

最后的追求——马雅可夫斯基与

维罗尼卡的爱情故事 160

旋风情——叶赛宁与邓肯的爱情故事 188

上帝和天使——帕斯捷尔纳克与

伊文斯卡娅的爱情故事 205

辑一

我的家

　　我的家和千千万万个家庭一样，没有什么区别，也没有什么特殊的情况，如果硬要找一点个性，那么只能说，我的母亲比较长寿，她活了102岁；我的妻子双目失明，这种悲剧不是每个家庭都能发生的；我女儿比较孝顺，为了照顾我们老两口，她放弃了国外的生活。

　　到了古稀之年，我才更清晰地意识到母亲在我生活中的地位。她是个普通的家庭妇女，而且是个文盲。按理说，新中国成立后，我完全可以帮助她摘掉文盲的帽子，她很渴望识字读书，但那时我整个身心都放在工作上，没有去照顾她。临终前我才知道她为不能看书而长期悔恨。她告诉我："葬我时，在我胸口上放一本书。我是那么想识字……"

　　这事让我越想越难过。她讲这句话的时候，我的外孙在身旁，他只有几岁，不懂事，当时插了一句："太太，你看不懂书，放一本字典吧！"我母亲的遗体虽然是和一本字典同时火化的，满足了她的愿望，却没能从根本上改变她的文化素质，我感到万分悲痛。随着年龄的增长我认识到，母亲在我心目中是一盏灯。

她为我照亮了很多很多。

我小的时候，所有衣服都是母亲亲手缝制的。她 90 寿辰时，我 58 岁。我亲手为她缝制了一身裤褂。我还记得母亲接过我缝制的衣服时，她那激动的表情，她脸上浮现的微笑是那么灿烂，那么自豪，那么满足。

可是我万万没有想到，夜里我醒来时，发现母亲的房间亮着灯。我顺着门缝扒望，使我大吃一惊，她那双哆哆嗦嗦的手，拿着小剪子把我缝制的衣裤给拆了。我十分不能理解。

第二天，我憋着，没有问。过了一天又一天。她也不提拆衣服的事。后来我实在憋不住了，便问她："妈，我已是快 60 岁的人了，给您缝了一套衣服很不容易，为什么您不穿？"母亲看了看我，然后说："因为你缝的衣服线扎得不直。穿在身上肯定不舒服。我本想偷着拆开，再替你重新缝起来，可是我的手实在不听话……"她伸出自己抖抖颤颤的手给我看。

这事让我想了很久。母亲一向办事认真，从不马虎。我从母亲的言行中悟出一个道理："做任何事一定要做到最好，不能留下丝毫的遗憾。"母亲严格认真的工作态度深深地教育了我。从那以后，不论做什么事，我都竭尽全力，精益求精，直到自己满足为止。

婆媳关系在每个家庭中都是很难处的。我的妻子和母亲处得非常好。"文革"前，我和妻子都从事外事工作，一年很多时在外地陪同代表团。家中全靠母亲支撑。常年卧病的父亲和年幼无知的女儿都需要由母亲照顾。母亲默默地奉献和妻子真诚的孝顺使我们很早就得到和平里街道评选的"五好家庭"荣誉。

我母亲逝世那一年，我的妻子第二只眼睛失明，从此五彩缤纷的世界从她的眼前消逝，笼罩她的是一片黑暗，其痛苦可想而知。她第一只眼睛失明是1984年，那时她还在工作，虽然有一定障碍，但观察事物还可以。1996年，她的第二只眼睛失明，这就是和光明的世界永远告别了。她无法看信，无法写信，无法看报，无法看书，无法看电视，甚至无法挤牙膏，无法夹菜，等等。她走路磕磕碰碰，用她自己的话说，就像是在游泳，两只手不断左摸右摸。她刷牙需要别人替她挤好牙膏。每天还得多次给眼睛上药。这时我的女儿恰好回国探亲，见此情景，决定留下来，可是她毕竟还有自己上学的儿子需要管教。所以扶持她的主要担子，落在我的身上了，这是义不容辞的事。我们没有请阿姨、保姆或小时工。原因很简单，电视中介绍的有关保姆的情况使我妻子担心害怕，更何况她双眼什么也看不见。

明年就是我和妻子结婚的50周年。在这50来年当中有风有雨，有痛苦有欢乐。我觉得最能考验夫妻关系的是在生活最困难的时候。从新中国成立前我们就参加革命工作，历经了所有的政治运动。最痛苦的是"文革"。在"文革"期间，有些不实事求是的审查，令我想不通。外调人员要的是假话，而真话没人想听。这让我非常苦恼，有苦无处说，我想到自杀。回家时，我把这个念头告诉了妻子。妻子非常体贴地说："我们在一起这么多年，我认为你是好人，不能死！"她的话使我顿时感到温暖，感到幸福。我感到家是我生活中的避风港，那里有同情我的人，理解我的人。妻子的话给了我活下去的勇气。其实她当时的处境也不见得比我强。但，女人是伟大的，她们自己可以不动声色地承担种种难以承受的重压，不向别人诉苦。我的妻子如此，我的母亲更是如此。

我和妻子1947年相识在哈尔滨。那时我翻译了根据苏联小说《钢铁是怎样炼成的》改编的话剧剧本《保尔·柯察金》。该剧上演时我妻子在剧中扮演了冬妮娅。《钢铁是怎样炼成的》作者奥斯特洛夫斯基的夫人赖莎于1956年访问中国时，得知我们与《保尔·柯察金》有那么一段缘分时，便戏称她是我们的"媒婆"。这位"媒婆"在生活中促进了我们的相互支持相互关爱。当年，保尔失明，身体瘫痪，多亏赖莎的照顾。这种精神在某种程度上也影响了我们。所以当我的妻子失明以后，赖莎的形象常常浮现在我的眼前，鞭策我要像赖莎那样去照顾自己失明的妻子。

妻子虽然远非奥斯特洛夫斯基，但她的自强自立精神很使我受到鼓舞。她不愿意成为家中的累赘，她总是替我想着各种事，并从事一切力所能及的工作。淘米，洗碗，洗小件东西，只要在桌面上摸到一点儿渣子，她绝不放过，非得彻底擦干净不可，这种要求和我母亲一样。

女儿是她母亲生命中的最大帮手。连外孙子似乎也懂得事理了，用自己的压岁钱给姥姥买了一个能报时的钟。不知为什么那个钟讲的是一口河南话。

妻子失明后，我经常给她拍一些照片。最初，她拒不肯拍。我说："等你眼睛复明时，再看看自己的形象该有多好！"我明明知道这是自欺，也是欺人，但我总想更多地留下她的影子。

我和妻子现在都是 76 岁的人了。她双眼失明，我一身是病。我今生最后的愿望是先送走妻子，自己再走。哪怕先走一天，一小时，一分钟也可以，因为我若先走了，她就太痛苦了。

女儿今年也快 50 岁了。二十多年前，她从兵团回来时，常常谈起儿童时代的事。我甚至有些奇怪，她怎么会知道自己几乎还不能记事的事。她说："是你当时给我记的日记告诉我的。"她从小我就给她记日记。每件有趣儿的事，每句有趣儿的话几乎都记了。后来，在"文革"期间，怕招来意想不到的麻烦，我让她自己把日记销毁。她说，她烧日记的时候，又仔仔细细阅读了一遍，一边烧一边哭。现在，她很后悔当时听了我这个胆小怕事的父亲的话，她说应当把日记保存起来，那是多么珍贵的记录呵！

她记得我怎样用自行车送她上幼儿园时，别了脚。20 世纪50 年代，大家上班非常遵守时间。过了 8 点，上班迟到，在同事面前会感到难为情。有一天，我先送女儿去幼儿园，把她抱上车，随即蹬车而去，没有想到把她的小脚别在车轮里了。她号啕大哭。可是我没有管，把她交给托儿所阿姨，便飞车上班了。现在想起来，心里总有些对不起女儿。所幸没有弄残她的脚，如果真的骨折或留下伤痕，我会难过一生的。

女儿小的时候，我和妻子就注意教她自信自立。譬如她七八岁时，我教她游泳。那时，我们家住在复兴门附近，常带她到木樨地的河里去游泳。有一次夏天的夜晚，我有意识地带她冒雨去游泳。当我们从河里爬上岸时，发现有两名警察在岸上紧盯着我们，可能以为我是个拐骗幼女的坏蛋。女儿8岁时，我们让她独自一人乘火车到天津亲戚家去。长大以后，她从来不怵出门远行。80年代，她去巴西工作，一个人乘飞机，转飞机，行程二十多个小时，而且她不会一句外语。到了目的地，她傻了眼，没有人接她，身边又没有一个中国人。她简直不知道自己是否到了她需要到的地方。但凭借她儿时训练成的自信，她决定在机场等候，过了一个小时，她丈夫才赶到，因为工作太忙，来晚了。

"文革"期间，我们一家四口人分散在四个地方。母亲一个人留在北京。妻子去了对外文委的干校，我去了社科院的干校，女儿去了内蒙古兵团。她在兵团放羊。那时两个女孩子放三十多只羊，一出去就是一周，带着干粮，四处游荡，吃冷饭，喝凉水，和羊睡在一起。她能够坚持下来，固然与当时的形势有关，我认为与家庭的教育也分不开。

现在，我女儿给她的儿子记日记，从小记到18岁。她的儿子成年了，她为儿子编了一本书，名为《背影》，主要是儿子的生活记录和儿子自己少年儿童时的文章。

　　我的家的情况就是如此一般。没有任何突出的事迹，也没有专门的教育方法。但，我知道，家庭的和睦是国家安宁的因子。家庭成员们相互之间关怀与体贴，是促进国家大团结的不可或缺的内容。没有家庭的和睦和亲切的彼此关怀，我离休后也不会继续工作，也不可能做出某些成绩来。

白 雪

"为什么你不在下雪天生我？"儿时，我曾向妈妈提出过这个幼稚的问题。我不记得妈妈是怎么回答的，但我从那时起已意识到我对雪有了一种奇异的感情。我爱雪，白白的雪，轻盈的雪，雪花在我身上悄悄地融化，成了我的一部分。

我的故乡是哈尔滨。这是一座多雪的北方城市。它很别致。白白的雪给它增添了无限丰富的色彩。雪，是我儿时的好友。我认定雪是有生命的，雪片上绮丽的花纹是仙人编织的。当我观赏手心接来的雪片时，我甚至感到它的温暖。好像是什么人，从什么地方，给我传来了我所不理解的信息。

我的童年就是在纷纷扬扬的一片白雪中度过的。透过雪的帷幕，我观察了多灾多难的祖国破碎的河山，同时也审视了自己孱弱的体质和怯懦的性格。

我和小伙伴们常常在飞雪的时候跑到街头、院落里去堆雪人、打雪仗。我们在寒风中出透了汗，心中变得更温暖。不管雪人堆得如何丑陋。邻居大哥哥总是夸奖我们，说它是我们用自己的手创造的成果，很美。雪人成了我们游戏的中心。我们围着它欢天喜地地奔跑、追逐，于是我听见了雪人跟我们一起欢笑、吵闹。白白的雪总是呼唤我到它的世界中去，也许它暂时遮住了生活中的黑暗，也许我的体质、我的性格正是在那个既寒冷又温暖的世界中，得到了锻炼。

有一天早晨，上学的路上，经过我们堆起的雪人跟前时，我发现它遭到了破坏。雪地上留下乱糟糟的脚印。我真想放声大哭一场。可是从院里跑出来的同学告诉我，昨夜邻居大哥哥被持枪的带着狼狗的日本宪兵给抓走了。泪，顿时变成了恨。

随着年龄的增长，世面见得多了；对很多事物改变了看法，可是我对白雪的感情没有变。雪，使大千世界变得迷离扑朔，我整个童年时代都仿佛置身于那幻觉的天地里。突然，雪让我领悟到生活更深一层的意义，它教会我爱，也教会我恨。

在沦陷 14 年的家乡土地上，有多少爱国志士惨遭屠杀。白白的雪像是英灵的化身，又像是对英灵的祭奠。

雪中成长的人，该有不畏寒冷的精神和顽强的意志吧？

后来，我为自己起的第一个笔名就叫——"雪客"。

丁 香

妈妈带我在院中种下几棵丁香树。

丁香树很快就长得超过了我的身高。我常常站在丁香树前观察它的变化。早春，从细细的树枝上冒出一片片青青的嫩叶，形状酷似心脏。然后，它的枝头出现了一团团紫色的或白色的云，这是由许许多多小花朵组成的。到了秋季，它结下扁扁的果实。再过不久，寒冬来临了，丁香却脱掉身上的全部绿装，裸露出干瘦的躯体，让枝杈忍受零下四十余度寒冷的袭击。最初，我担心这娇嫩的小树会被冻死。可是到了翌年早春，它又开始生枝、长叶、开花。在那苦涩的时代，我往往感觉不到丁香的芬芳。有时在它的花瓣上反而会发现颗颗晶莹的泪珠，莫非它也尝到了人间的辛酸？

教师说，丁香的花朵有四个小瓣儿。可是俄罗斯小同学们偷偷地告诉我，还有五个花瓣儿的。如果发现了五瓣儿的丁香花，就是发现了幸福，这时，可不能让幸福溜走，要马上把它吃掉。这或许是俄罗斯人的风俗或迷信？从他们的风俗里，也不难看出他们对幸福的殷切渴望。那时我们都是孩子，不知道幸福需要去争取。我们男男女女小同学们聚集在一起时，只要发现五瓣的丁香花，就争先恐后地抢着吃。我吃过多少，不得而知了，但确实吃过，而且不止一朵两朵。可是直到民族获得解放之前，我始终没有尝到真正幸福的滋味。相反，在太阳旗下，饱尝的是无尽的苦辣。

有一年盛夏，狂风卷着暴雨，呼啸了两天两夜。我的小丁香树被刮断了。我以为它再也活不了了。妈妈说："别哭，它会活的！"果然，断干熬过了寒冬，到了春天，它抽出新条，长出新叶。那年开的花朵中虽然我也发现了五个瓣儿的，可是不忍心把它吞掉。我想让它的馥郁去抚慰受伤的小心灵。

至于幸福嘛，我早已脱离了儿时的空想，我时刻记着那棵被折断的树干，怀着生存的信心，不怕灾难临头，准备再次复苏，开几朵小花，给人们增加一点香味。

教　堂

　　南岗那座教堂，已经不存在了，不存在了。不过，它在我的心中并没有消逝。

　　那是一座木质结构的建筑物，又窄又高的窗户镶着彩色的玻璃。灰色鱼鳞般的石片砌成的房顶塔尖上，立着一个十字架。教徒们从它附近走过时，总是虔诚地用手在胸前点画十字，祈祷上帝。

　　当年，哈尔滨人不叫它教堂，而称为喇嘛台。以讹传讹，谁也没想纠正，其实，那里没有喇嘛念经，只有神甫传教。

　　每年圣诞节、复活节以及其他俄罗斯宗教节日时，我们喜欢跟信教的俄罗斯同学们混在一起，进入教堂里去看热闹。记得教堂门口总是坐着一群乞丐，等待善男信女们施舍。高高的屋顶下，彩色的光柱间，唱经声娓娓缭绕，气氛十分严肃，使宗教仪式披上庄严而神秘的色彩。我们这些不信教的同学们，多少也学会了唱经、画十字，觉得蛮好玩的。

　　东正教对于日本侵略者没有危害，所以敌伪当局表面上做出尊重宗教的样子。

我已记不清是哪一年，在教堂的东边，日本侵略者开辟了一块空地，修成了所谓"神社"。不仅如此，他们还强迫路经"神社"的人，给那群侵华日寇的鬼魂鞠躬默哀。日本帝国主义的横行霸道，早已激起大家的不满，这种做法更让哈市老百姓无法忍受。除了向侵略者献媚的汉奸之外，没人肯干那种卑鄙的勾当。为了不给"神社"鞠躬，大家宁肯绕道多走一些路程。

我们小同学，无一不恨日本侵略者。对当局的命令，更想表示不服。于是我们就结帮搭伙，有意经过"神社"，到了大门口时便背向"神社"，做出面对教堂祈祷的样子。有时，还脱下帽子鞠个躬，但，不是对"神社"，而是对教堂。用我们同学之间的话来说，就是"让'神社'给我们舔屁股！"一旦有人要拦截我们，教堂就成了我们的掩护所。直到拦截人走开后，我们又叽叽喳喳像一群小鸟儿，飞回家去。

当年日本侵略者疯狂地推行奴化政策，可是他们永远扼杀不了中国人民的爱国心。

如今，想到南岗的那座"喇嘛台"——教堂时，就不由得会从心底泛起迷恋的微笑。

钟　声

只在故乡我才听到过那种钟声。

那时我十岁上下，在十年制学校里读书。

我的故乡是一座非同一般的北方雪城。当时那里有很多很多黄头发、褐眼睛的外国人，以俄罗斯人居多。俄罗斯人聚居的地方渐渐形成了自己的民族氛围，恪守着传统的民族风俗。

多少年后，我才知道他们是由于种种社会政治的变化或其他原因而来到这座城市的。有的是为了逃避革命，有的是为了支持中国劳动人民的解放斗争，有的是做着黄金梦，有的则是想闯荡世界。历来好客的中国人接纳了这些异族人，使他们有了落脚之地。

俄罗斯人笃信宗教。他们到了哪里，哪里就会建起教堂。教堂有的敦敦实实，圆顶上闪烁着金色十字架；有的灵灵巧巧，宛如海市蜃楼。这些建筑物给我的家乡带来了异国情调和绚丽色彩。

哪里有教堂，哪里就有钟声。于是，哈尔滨又多了一种声音——深沉委婉的钟声。

俄罗斯人逢年过节，教堂便会敲钟礼拜。街道宽敞的南岗、树木葱郁的马家沟、河水滔滔的松花江畔，钟声轻一阵重一阵地随风飘荡。

小的教堂只有一尊钟，它的声音比较单调。大的教堂顶层回廊里悬着四五尊，甚至六七尊大小不同的钟。几尊钟联奏时声音雄浑，悠悠扬扬，远远地就可以听见。

我不是教徒，也不信教，可是教堂的钟声却和我的童年联在一起。

那时，我还是个孩子，没有涉足错综复杂的人世漩涡，不知道人的命运多舛，更听不出钟声传达的感情。现在我才理解，每个人对钟声有自己的感受。当时我究竟感受了什么，自己也弄不清楚。

有一天，音乐老师向我们谈及对钟声的感受。他说，那是宗教音乐，需要用心听。

用心听？我还是不懂。

音乐老师是位俄罗斯人，他和大部分剽悍的同胞不太一样，身材不高，性格也比较温柔。他年龄并不老，可是头发全白了。他上课时话不多，总是用音乐感染我们。他不是弹琴教我们唱歌，而是一边穿行在书桌间的甬道上，一边自我陶醉地拉着小提琴。用他的话来说就是："让我们熟悉音乐语言，热爱乐声中的感情。"他演奏的曲子总是悲悲切切凄凄凉凉。

我心中留下的最深的印象是那天谈话后他教的一首歌曲

《晚钟》。那天他没有像往日拉小提琴，他用很多时间讲解歌的内容，讲得很动感情，仿佛是在讲述自己的命运。我顿时觉得我对熟悉的钟声有了新的理解。

> 傍晚的钟声，傍晚的钟声！
> 它让人产生多少联想，
> 想起少年时代在祖籍的岁月，
> 那儿有我的家，是我心爱的故乡。
> 当我永远告别故土时，
> 我最后一次聆听了它的声响！

老师讲解歌词时，我觉得他似乎想起了什么事，声音有些哽咽。

> 我再也看不见光明的时光，
> 看不见让我迷恋的春天的朝阳！
> 当年那些欢快的青年友人，
> 如今还有几人活在世上？
> 他们在坟墓里沉沉地睡着
> 再也听不到晚钟的回荡。

老师像是叹了一口气，半天没有开口。平素欢腾的教室，这时一点声音也没有了，同学们都屏住呼吸，等待老师下边的话。

> 我也该躺在潮湿的土地里！
> 山谷里的风浩浩荡荡
> 会吹散我头上忧伤的歌，到那时
> 会有另一个歌手来到这个地方，
> 到那时，是他而不是我
> 在遐想中伴着晚钟歌唱！

老师终于恢复了常态，开始教我们唱了。他把同学分成两部分，一部分同学唱词，另一部分同学哼唱"嘭，嘭，嘭"的声音。他说："这是钟声在伴奏，每个人都要认真地唱。"

我成年以后，从事文学活动，才知道《晚钟》这支歌原是英国诗人托马斯·穆尔的一首诗，由普希金的同代人伊万·科兹洛夫意译成俄文。科兹洛夫那时才三十几岁，双目失明，他在诗中注入了自己的经历与感情。后来，俄罗斯作曲家斯韦什尼科夫为这首诗谱了曲，成了浪迹天涯的俄罗斯人最喜爱的歌，流传极广，甚至有人把它视为俄罗斯民歌了。

我23岁离开了哈尔滨。哈尔滨发生了历史性的巨变。哈尔滨的俄罗斯教堂在"文革"期间作为外国的宗教迷信象征，被造反派摧毁。当然，从此再也就没有钟声了。当年沦落到哈尔滨的俄罗斯侨民后来都哪里去了？回到了祖国，还是继续流亡到他乡？

如今，半个多世纪过去了，我已进入老年，记忆和听力都已减退。我们的音乐老师可能早已离开了人世。可是每当听到有人吟唱《晚钟》这支歌时，我就会想起我的故乡哈尔滨，想起我们的音乐老师，想起他那悲戚的脸和忧伤的声音。

经历了几十年的风风雨雨，我对人世多了一层理解。现在我明白了，当年我那位音乐老师虽然失掉了祖国，可是怀恋的心还在胸膛里跳动。矛盾的心理啃噬着他的感情与理智。他生平可能有更多的痛苦不肯向人吐露，所以把自己思乡之情倾注到音乐中。

哈尔滨已经没有我童年时代的钟声，可是我有时还能听见它，大概是心在听它，它唤醒我对往昔的联想。

哈尔滨——多么动听的声音

离开故乡哈尔滨已经半个多世纪了，无时无刻不想念那里勤劳勇敢、善良憨厚的人民，那里景色绮丽的风光，那里别具一格的建筑，那里一切的一切……

哈尔滨作为一座现代化城市只有一百来年的历史，可是它却历尽沧桑苦难。

我知道，今天的哈尔滨早已不是五十年前的样子，可是它在我的记忆中仍然保留着当年的影子，像梦幻一般萦绕在我的脑海里。

我生在哈尔滨，长在哈尔滨。哈尔滨的一切决定了我生活的道路、我的道德观念和审美观点。

哈尔滨——多么动听的声音！我不想刨根问底考证这座城市名称的来源，只要听到这个声音我的心就会陶醉。

我的少年时代是在敌伪统治下的哈尔滨度过的。敌伪给我们民族、给我的家庭造成的灾难是永远刻在心头上的伤痕。但今天回忆哈尔滨时，我想到的总是那幸福的时刻。

我记得上学时候，在傍晚时分，来到喇嘛台（即圣尼古拉大教堂）附近，坐在台阶上，四处遥望，胡思乱想。这儿是哈尔滨的制高点，放眼一片开阔，心情舒畅，可以忘却日常生活中的许多烦恼。

我喜欢观赏晚霞，西沉的落日映红半个天际。望着那变幻无穷的云朵，心中产生种种遐想。有时云朵像神像人像鸟像兽像高山像流水……我的心就随着各种形状的云在飞，在遨游，又随着云朵的消散而熄灭。

有时，从高空传来一阵阵呀呀鸣叫声，举头仰望，是人字形的雁群。大雁扇动着翅膀，慢慢悠悠地滑过天空，朝温暖的南方飞去。南方是什么样子？雁群带走我的幻想和希冀。

有时又听到教堂的钟声，肃穆而又悦耳，令人神往。钟声时急时慢时重时轻，似乎要驱走我懵懂的童年。我不信神，也从未做过祈祷，可是到了老年，远在他乡，却仍然能听到来自故乡哈尔滨那儿教堂的钟声。此时哈尔滨教堂的钟声从神州大地上早已消逝，然而它却留在我的耳际中。

我怎能忘记春天满院白色的槐花、稠李花和紫色的丁香花。那是我少年时代的芳菲和色彩。还有夏日钻天杨的浓郁，在热风中抖动着硕大的叶子，发出海涛般的喧嚣，与树上的鸟啼与蝉鸣相互呼应。

盛夏季节，我和小伙伴们成群结队，划船过江，到太阳岛上去戏水。那时，觉得松花江是那么宽，那么长，那么深，而太阳岛上的黄沙是那么细软那么温柔宜人。

更有冬天的大雪，鹅毛一般飘飞，楼房变得像印象派的画，似有似无，满地银白，更让孩子们喜出望外的是那白霜裹着的树挂。堆雪人打雪仗更是儿时少不了的情趣。南岗斜坡上斗子车常常倒滑下去；行人时时摔倒，在寒风中抖瑟，可是我们那些学子们竟冒着凛冽的寒风不戴帽子，只是把大衣领子掀起，夹着书包去上学，这是青年人的一种时尚和逞能作风。

我读书的学校属"哈尔滨基督教青年会"，最初是美国人创办的，太平洋战争爆发以后，美国人撤走了，俄罗斯人接管。这是一所不同寻常的学校，学生当中民族众多。仅我那一班既有爱沙尼亚人、立陶宛人、波兰人，又有犹太人、中国人，以俄罗斯学生为主。其他班里还有朝鲜人、鞑靼人等。学校用俄语授课，大家接受的是俄罗斯文化。正是在这么一个特殊环境里培养了我的民主主义观念和希望民族之间友好相处的思想。

我们学校在花园街，是一栋三层楼房，顶层是大礼堂兼室内体育场。地下室是图书馆和存衣处。

据说篮球作为室内运动，是由基督教青年会开创的。青年会很重视学生们的身体健康，会徽上就刻有"健康的精神寓于健康的体魄之中"的字样。也许正因为如此，哈尔滨青年会建筑校舍时，便有了全市第一个也是惟一的一个室内体育场。在这里举行过全校的甚至全市的篮排球比赛。

作为大礼堂，学校在这里举行各种重大集体活动：开学仪式、毕业典礼，每届毕业典礼后举办白色舞会（女毕业生都穿着白色的纱裙参加）。圣诞节——大礼堂中间竖立起一棵很高很高的枞树，挂满彩色的电灯、蜡烛和各种小礼品。圣诞老人和白雪公主在晚会上向孩子们分发树上的礼品。

我记得在大礼堂举行的一次最隆重的集会是1937年纪念普希金逝世100周年。哈尔滨的俄罗斯侨民全力筹备了这次纪念活动，出席者有六七百人。有报告，有发言，还有同学们准备很久的文艺演出。从那时起，普希金的形象就永远地走进了我的心房。

1943年我从学校毕业，又过了一年，学校被解散。多年以后，我听说我们学校的楼房改成了某一单位的招待所，室内体育场被隔成了单间，摆上了床铺。现在的人再也不知道它原来的历史面貌了。

新中国成立前，在哈尔滨茫茫的中国人海中还有很多其他民族。

其中最有特色的当属茨冈人（又称吉普赛人）。他们来无影，去无踪，神秘莫测。

茨冈人是个流浪的民族。我忘不了他们出现在哈尔滨热闹集市上的场面。茨冈妇女衣着斑斓花哨，乌黑的长发，棕色的皮肤，明亮的眸子，巨大的耳环，成串的手镯，胸前挂满熠熠闪光的项链……她们把灰色的城市装点得五彩缤纷、喜气洋洋。我的印象中茨冈人好像不爱穿鞋，可是身上总是带着手鼓，砰砰敲打，跳着欢快的舞蹈，大幅度地弯腰甩臂，时而唱起火爆的歌曲。她们不行讨，保持着一种尊严，但也从不拒绝过路人自愿地投给他们的钱币。茨冈女人喜欢给人看手相，不管你是什么人，只要停下脚步观赏她们的表演时，她们便会主动拉着对方的手，指指划划絮絮叨叨，讲些什么话。你听不懂她们的语言，可是从她们丰富的表情中，闪烁的眼神中，甚至语调中，可以猜出她们是在赞扬你的未来，或是替你的前途担忧。

有一天，是个什么节日，在靠近道里江沿的教堂前，我见到了几个茨冈人。他们周围聚集着很多游客。可能是好奇心或是他们的色彩吸引了我。我凑到跟前看她们表演。一个卷毛的茨冈孩子，一下子拉住我的手，让他妈妈还是姐姐观看。最初吓了我一跳。可是她们那亲切热情的样子，渐渐让我放了心。她指着我的手纹讲了很多话，我无法理解。最后，她在我脸上热烈地吻了一下，更把我弄糊涂了。我不知道她讲了些什么，我领会她们这是对我的祝福。

从那时起，我对茨冈人就特别有感情。后来，我读到普希金的长诗《茨冈人》时，理解了他们的豪放、正直、勇敢和浪迹天涯的生性，他们追求自由和忠贞爱恋的精神。成年后，我有机会在苏联观赏专业茨冈艺术家们的歌舞表演，是那么激动感人。这时，我总会联想到少年时代接触他们时的感受和揣测那位看手相的茨冈女人对我说的话。

二十世纪三四十年代，在哈尔滨凡是俄罗斯侨民比较集中的地方就有私营图书馆和旧书铺。俄罗斯是个爱读书的民族。

书铺一般规模都不大，有的只占据一个房间，从地板到天棚，书架上上下下摆满旧书。

除了小书铺之外，在南岗秋林公司下坎处，有几栋楼房的大门洞，也被贩卖旧书的人所占据。他们在门洞左右两侧摆上一些简易的柜子。柜子上有护板。白天将护板卸下，晚上收工时再把护板装上，加上铁锁。记得他们卖旧书、卖邮票，也卖一些零星的文具用品。

我那时对文学与绘画已产生强烈的兴趣，常到那些小书铺或门洞书店去转悠，翻阅学校里看不到的小说或画册。我记得我购买过《波兰绘画》，那是一部较大的画册。爱不释手，又买不起。后来，妈妈知道了这件事，心疼儿子，给了我钱，让我买了回来。那是我少年时代自己花钱买过的最贵的一部书。

我还买过一本当地俄罗斯画家洛巴诺夫的铅笔画集，画集中收有十几幅哈尔滨风景，有《霓虹桥》《教堂》《火车站》等。每幅画页上边还衬着一张透明的薄纸。在当时来讲，这种装帧实属少见。我还买过一本日本研究俄苏文学艺术的学者升曙梦的《新露西亚文学史》。当时买它是因为喜欢书中众多俄罗斯作家的画像。当然买得最多的是一些俄文小说和诗歌一类的书。

几十年过去了，可是学生时代买书的事一直牢牢记在心中。那些小书铺也常常浮现在我眼前。它为我提供了外国文学艺术的补养，对我后来从事俄苏文学艺术研究和绘画起了促进的作用。

斗转星移，几十年的岁月像松花江的水浩浩流过去了。今天，哈尔滨正在展现新的面貌。

哈尔滨保持着国际文化城市的美誉，如今来到这里的外国人是旅游者而非流亡者了。听说我的外国同学们也像探亲似的到过哈尔滨，是怀旧，还是寻根？谁也忘不了度过自己童年的地方。

哈尔滨还能见到满天的红霞吧！还可以看到高空迁徙的雁群吗？浪迹天涯的茨冈人是否还在光顾我的故乡城市？

哈尔滨市民成长了。听说市容发生了巨大的变化。那儿的小书铺早已不存在了，斗子车早已被出租汽车所代替。高楼大厦已遍布市区，但没有变化的是那儿的一年四季，还有那几条只有哈尔滨才具有的石头铺砌的街道和那风格迥异的建筑物。

当你走在道里中央大街或是南岗东西大直街上，你一定还能见到各种风格的楼房。古典主义的、浪漫主义的、巴洛克式的、哥特式的、文艺复兴时期的……有红色圆顶的，顶设阁楼层，有造型简洁整齐匀称的，带有中世纪寨堡的外形，女儿墙上竖起绿色的尖塔。细细观察一下每栋建筑物的花饰，也是样式纷呈，高大的廊柱顶托着巨大的山花，构成庄严的入口，圆角的窗户，使建筑物显得更加灵巧。国外各种流派建筑在这座城市中都有反响，它们的丰采至今依然让人赏心悦目。

称哈尔滨是建筑博物馆，并不过分。据说真正的建筑师们望着这些建筑常常陷入深思，因为他们听到了建筑物的无声的乐章。

　　但愿哈尔滨能保留住它原有的特色，并不断增加新时代的特征。

　　在北京，经常可以看到和听到真正哈尔滨人的文章和绘画、歌舞与演奏，他们展示的是今天令人心旷神怡的哈尔滨文化成就。

　　日日夜夜都在思念哈尔滨。

　　哈——尔——滨！多么动听的声音！

我的母校

我在哈尔滨市就读的学校，名称有些奇怪，叫基督教青年会，英文缩写YMCA，俄文缩写XCM∏。"基督教青年会"原本是以发扬基督教品德为宗旨的群众组织。1851年，"基督教青年会"从英国传到北美洲，获得空前发展。美国基督教青年会除原有的活动外，又增加了办校事业。哈尔滨基督教青年会就是这样出现的。

哈尔滨的基督教青年会创办于1925年，第一任校长是美国人海格。学校有个校徽：一个健壮的男性，肌肉发达，做动作状，框在一个三角体当中。三角的每个边上有两个字："精神""体魄""智慧"。学校的口号：健康的精神寓于健康的体魄之中。它表明这个学校不仅注意智力教育，还注意体育锻炼。学校有校服。在20世纪30年代男同学可以留发，40年代，日本军国主义加强控制，都得剃光头。学校虽然名为"基督教"，也有不信基督教的同学。俄罗斯同学多数信东正教，其他民族的孩子信奉各自民族的教义。

哈尔滨地区外民族中以俄罗斯人最多。我们学校里也是以俄罗斯同学为主。哈尔滨离俄罗斯近。1898 年，帝俄入侵，定哈尔滨为中东铁路的交汇点。随着中东铁路的建设，松花江中游这块满汉多民族的渔猎地带的阿勒锦（女真族的村庄），转音为哈拉滨——哈尔滨，并飞速地发展成为一个城市。1905 年辟为商埠，俄日英美德荷比等 15 个国家的领事馆和 36 国的侨民共 10 万多人蜂拥而至，成为国际城市，有"东方小巴黎"之称。

俄国十月革命爆发，除早期来到此地的俄罗斯人以外，又有大批俄人逃亡到哈尔滨来，其中有俄国贵族和他们的后裔，有沙皇时代的将军与兵痞，有宗教界人士和文艺工作者，也有普通老百姓。

哈尔滨基督教青年会的创办可能主要考虑的是俄裔子弟及其他各国侨民子女，中国学生不多，所以我们学校以俄语与英语授课。语文使用的是帝俄时代的俄语课本，英语课本则寄自美国。学制为预备班三年，然后是七年制中学，另有夜大学。

哈尔滨基督教青年会位于南岗花园街，是栋四层楼，另外有地下室，更衣室和图书馆都设在那里。同学们进校后先到更衣室脱掉制服，换上工作服。男同学是灰色的及膝的罩衣，腰间有灰色布腰带，女同学是藏青色上下衣，前身是白色的围裙。

花园街很幽静，石砌的路面，绿木葱郁，两边是俄罗斯式的板障子墙围起来的小院。这种房屋布局在我国其他地方少见。

学校没有校园。每天早晨上课之前，全校师生都在四楼大礼堂里集合，举行早祈，然后各回各班去上课。每周有两三堂宗教课，讲授东正教教义。不信东正教的同学可以不上这一堂。这也是校方提倡的一种信仰自由。小的时候谁愿意上宗教课，都喜欢玩。所以不信东正教的孩子们就去玩球了。我就是借这个机会学会了各种球类。我因为爱打球，右胳膊两次骨折。右手的握力似乎一直比较差。

我们的四楼大礼堂同时也是室内体育场。这个体育场在全市很有点名气。面积大于篮球场，同时兼作排球场和网球场。那里经常举行社会性的球赛，而且售票。青年会的球队在全市也是名队，在外国学校球队比赛中，经常拿冠军。

我记得几届球队的队长都是中国同学，如早期有徐立群，继他之后是孟昭亨，我那一班是孟昭利，我下班是孟广钧。我体质不佳，性格柔弱，不会发号施令，当不上队长，但一直是本班篮排球队的队员。

自我从事外国文学研究以后，总因外国文学中的宗教典故受阻而沮丧，悔恨少年时代没有听过宗教课。这虽然是个缺陷，但反过来又何尝不曾受益？锻炼身体不说，参加革命后，就没有在政治运动中因宗教信仰问题遭到审查。否则谁能相信在教会学校读书十年，竟能不信教？这是理所当然的疑问。

太平洋战争爆发之后，美国校长海格回了国。俄国校监沙拉巴诺夫管理过一段时间。我忘不了他那一把颇有风度的大胡子。学校后来由日本人接管了，校长名叫酒井美智男，但时间不长。

英语课被取消,改授日语。日本人的势力在这个学校里始终有限。教日语的教员是酒井美智男的岳母,为人和蔼,穿着一身宽松肥大的和服。上课时她喜欢在学生座位间来回走动。同学们经常拿她开心。当她从身边经过时,有的同学趁她不注意时便把纸屑、糖果皮等投进她的宽大的衣袖口袋中去。小同学够淘气的了。她也许察觉到,也许装作不知道。另外有个俄国女人教过日语。我记不得她的姓名了。大概她的日文水平也不高,个子矮小,专靠训人来维持她的威信。同学们本来不爱学日语,讨厌这个女教师,给她起了个外号叫"猩猩"。老师在课堂上说过:日文不及格的同学不能毕业。可是我们全班考试日文成绩都很差,校方无可奈何,只好睁一只眼睛闭一只眼睛。

1943年12月大家毕业时,全班只有我一个中国人,其他几位中国同学先后中途退学了。其中有一位叫陈嘉蓉,俄文名字叫尼娜。五十年后我们在北京重又相见。她和全家在澳大利亚定居。据她说那儿有不少我们的同学与校友。

我忘不了学校为了庆祝毕业而举办的"白色舞会"。所谓"白色舞会"即女同学都身穿白纱礼服,男同学穿藏青色西装。又因年终,新年即将来临,"白色舞会"与圣诞节同时举行。大礼堂中央立起一棵高大枞树,树枝上缀满蜡烛、彩灯与小礼物。这是毕业生的节日。小班同学们也来参加,但他们只能留到晚8时。舞会上有"邮递员"专门负责传递信件、贺卡、邀请信等,还有文艺演出。

家长们也被邀请出席"白色舞会",同时还邀请很多嘉宾。我记得邀请信是手绘的。我就画过很多邀请信。至于信上的文字，由其他同学或老师填写。

那时，我父亲在外县工作，我母亲缠足。他们既没有出席白天的毕业典礼，也没有出席晚会。

当时，我没有想到毕业后的日子，失学，无业，逃避伪满兵役。17岁——走向另一种世界——繁杂的社会。

从我们学校出来的中国同学中，进入社会以后，以英文作为工作手段者不少。我上班的同学艾英娴后来在联合国图书馆任职22年，是外交部资料处理组组长；我的同班同学孟昭利，新中国成立以后被派到苏联莫斯科大学进修半年，回国后长期为苏联专家担任翻译，后来主要用英文了。但绝大部分同学都当过俄文翻译。

我的上下班同校生中，在北京担任过俄语翻译的有张子勋（电影学院）、关予素（外交学院）、徐立群和徐坚（中央编译局）、张树人（轻工业部）、孟昭亨（林业部）、孟广铨（交通部）、艾英娴（交通部）、宋楷（公安部）、高明（外语学院）、董仲洪（北京师范大学）、孟昭宾（邮电部）、孟广钧（文化部）、王澍（电影学院）、王庆璋（国际贸易促进会）、常伦美（外贸部）……我在中苏友好协会。还有几位同学，因为没有什么来往，情况不详。总之，哈尔滨基督教青年会培养了一批英语和俄语人才，这并非办学的原来宗旨。他们在新中国社会主义建设事业中

都发挥过应有的作用。另外，还有两位学长，因在文学翻译领域
有建树被吸收为中国作家协会会员，即关予素和王汶。

新中国成立后，外族的同学都纷纷飘散到世界各地去了。
俄罗斯的同学们有的不肯回到祖国苏联，便去了澳大利亚。有的
去了美洲和欧洲。总之世界五大洲几乎都有哈尔滨基督教青年会
的学生。

后来我从中央编译出版社 1997 出版的《风雨浮萍》一书中
发现，世界有名的核物理学家、加拿大第一个核反应堆的建造者
之一尤·伏尔科夫教授，也是我们学校的毕业生。

我从俄罗斯报刊上得知，著名的诗人翻译家彼列列申也是
我校的校友，他在介绍中国诗方面很有贡献。他在哈尔滨学到
了初步汉文，后来即以中翻俄为业。他是一位传奇的人物。壮年
时，他一度看破人生，当了和尚。新中国成立后他在上海被塔斯
社的负责人、汉学家罗果夫发现，认为是个人才，聘他到苏联塔
斯社从事翻译工作。他同时还写诗。后来迁居巴西。如今俄罗斯
国内文艺评论界认为彼列列申是拉美世界最杰出的俄语诗人与翻
译家。我读过他的译文（如屈原的《离骚》）。他对中国诗的理
解确实高人一等。他的晚年全部献给翻译中国诗歌的事业。

还有一位大班校友尤尔·伯连纳。此人未毕业便到世界各地
去闯荡，过了一段流浪汉生活，参加过各种表演团体，最后去了
美国，进入好莱坞，成了性格演员，他的演技可谓出神入化，他
塑造的形象给观众留下了极深刻的印象。光头，是他最突出的形

象特征，由此得名"光头明星"，专门扮演东方和俄罗斯、拉美等地的"非白种人"的国王和首领。他和英格丽·褒曼合演过《真假公主》，与黛博拉·蔻尔合演过《国王与我》。由于他在该片中出色的演技而荣获第 29 届奥斯卡影帝称号。

　　还有一位 30 年代的俄罗斯毕业生，醉心于拳击，打遍东南亚无敌手，后来因头部受伤，死于菲律宾。他的姓名，怎么也想不起来了。

妈妈的手

妈妈太老了，不过头发没有全白，脸上也没有出现几颗老人斑，只是腰背微驼。纤瘦的身体比三十年前大约缩了一头。她的两只手，瘦得只剩下几条青筋和一把骨头，手指也弯曲了，好像折弯而没有断的树枝。妈妈有时望着自己的手，自嘲地说："这哪是手指头啊，简直是鸡爪子……"每次我听到妈妈这种含有辛酸的话，就心疼不已。

记得我小的时候，妈妈用一双细嫩的手为我洗头，洗身，洗脚。她的手轻轻摸抚着我的皮肤，好惬意，好温柔哟！

记得我上学时，有一次老师让我在一个儿童剧里扮演松鼠的角色。可服装要自己解决，我急得不知如何是好。妈妈安慰我："你放心好了！我给你做……"妈妈买来一块灰绒布，剪裁、缝纫。第三天清早，我醒来时，发现妈妈依然坐在缝纫机前。她微微一笑，拿起一件带大尾巴的松鼠式戏装让我看。试了一下，好极了。那时，我根本没有想过：妈妈为了让自己的儿子高兴，连夜不睡辛劳了几天。

稍长，我喜欢伏在妈妈身边，看她在布头上缝绣彩色花朵。

她那么专注，那么细心，缝了拆，拆了缝，稍有欠妥的地方，一定返工。后来，我看到布头上绽开了鲜花，长出了绿叶，飞来了小鸟，似乎还能闻到花草的清香，听到鸟儿的啼鸣。这是妈妈为我缝制的枕头套。我喜爱极了。我睡在这个枕头上，感受到妈妈的手爱抚着我的脸，温暖着我的心，连夜里的梦也不太苦涩了。

妈妈的手中产生的每件东西，都精致，都漂亮。她总是精益求精。

"文革"期间，五七干校的军宣队禁止我们外国文学工作者阅读中外文学作品，我便利用这个机会学习缝纫。这时我才感念妈妈几十年来为我和哥哥们缝制衣服付出了多少精力与心血。

妈妈的手不知什么时候开始变得粗糙了。妈妈老了，她的手已经拿不住针线，也不能做饭了，甚至走路也要手扶墙壁。不觉中墙壁上留下了被她的手磨损的痕迹。

妈妈90岁生日时，我决定亲手给她做一套便服衣裤。自认为这是儿子最好的一件礼物，她一定会高兴。

那天，妈妈接过我缝制的衣服，脸上闪着光亮，眼睛在微笑。

半夜醒来，我发现一条灯光从妈妈的门缝里泄出来。是妈妈没有睡？是妈妈忘记了熄灯？我下床走向门缝，往她的屋里观望。她正坐在床上，围着被，戴着老花镜，手中拿着我缝制的衣裤，在细细地观看。她慢慢地摸来一把小剪刀。她要干什么？我屏住呼吸。天哪！原来……原来她用颤颤抖抖的手开始拆卸我为她特意缝制的新衣服。我的心顿时凉了！妈妈，这是您60岁的儿子亲手给您缝制的新衣服呀！为什么不穿，反而拆成片呢？

过了几天，我实在憋不住了，才问妈妈。妈妈盯着我的眼睛，过了半晌，开口说："你缝的不合格啊！线——扎得不直、不匀，有些粗糙……干活儿可不能这样！"她说，她把衣裤都拆了，想背着我重缝起来，可是手不听使唤，缝不成了，妈妈看着自己那双哆哆嗦嗦的枯手，叹了一口气。

妈妈劳动一生，我回想了一下，她无论干什么事，的确从不曾让人有些许挑剔。如今，她不能劳动了，可是对儿子的劳动成果，也决不放松一针一线。

我望着妈妈的双手，心想：妈妈教给我的，岂止是缝制衣服的道理！

妻

妻和我同岁，我们俩是同乡。

除了母亲以外，她和我在一起生活时间最久。人生风雨中什么事没有经历过？

妻的少年时代是辛酸的。她的父亲娶了二房，她和生母便受到鄙视。她回忆当时的情景时，伤心地说："父亲很少回家，即便过年过节回来一趟，也从不理母亲和我。我那时上学都不敢开口向父亲要学费。"她羡慕其他小朋友，上学有钱买烧饼，过节有新袄、新裤、新鞋，而她什么也没有。她母亲五十多岁时双目失明，每天还得围着锅台转，用大笊篱捞米做饭，伺候一大家子人。

母女相依为命，直到她中学毕业。

那还是敌伪统治的黑暗年代。中学毕业后她只好独立谋生，她当过售货员。我记得她说过："那时，站在柜台后面，看到上了大学的或者有职业的同学走过来时，自己就难为情地蹲下去，躲在柜台后边，不肯露面……"

1945 年 8 月 15 日，日本投降了。又过了一年，哈尔滨成立了民主政府。妻便到民政科去找工作。当时南岗准备成立一座新的立民小学，民政科的人问她是否能够当教员，她立刻表示同意。新的生活给她带来了新的喜悦。创办立民小学她有一定功劳，后被调到马街学校，然后又分配她到该校分校当了代理校长。

她不再是一个窝窝囊囊受气的小女子，而是有庄严人格的女性了，她在工作上施展了自己的能力与才华。这时哈市教师联合会成立了文工团，准备排演一部苏联话剧《保尔·柯察金》。爱好戏剧的她又被调去参加该剧的演出。为了了解陌生的苏联人民的生活和历史，她便找到哈尔滨中苏友好协会求教，没有想到会碰上在那里工作的我。从此我们相识。她当时还不知道我就是那个剧本的译者。她的演出受到观众的欢迎，她的演艺才能得到发展。

新中国成立了。哈尔滨市团市委一位负责人推荐她到北京报考中央戏剧学院。1949 年 11 月她来到了北京。中央戏剧学院的领导看了她的履历表，知道她在哈尔滨已经演过戏，还比较成功，便让她直接参加了中央戏剧学院的话剧团，后来又调到青年艺术剧院当演员。

1953 年，我随中苏友好协会代表团从苏联访问回国，在北京做总结期间，我们便结了婚。一年以后我也调到了北京。

1956 年，全国举行话剧会演，筹备组需要一批干部，她又被调到会演办公室，从那时起便成了政府文化部门的一名职员。她先后在对外文化联络局、对外文化联络委员会，以后又调到文化部艺术局，80年代末离休。

她在北京工作期间，环境变了，生活也变了，但仍然保持了过去贫困时艰苦朴素的作风，办事特别认真、谨慎、一丝不苟，得到领导的好评。

"大跃进"时期，她在农村插队，我去看望她，发现她和房东一家真正打成一片，下地、担水、推碾子，把房东的屋里屋外收拾得整整洁洁。她热心地照顾房东家的老老少少。她爱清洁，总是把简陋的房东家打扫得干干净净。一有闲空就给房东家洗衣服，洗被褥。房东的孩子们再不是肮脏的小泥人，而是漂漂亮亮惹人喜爱的活泼的孩子了。

1982年春节刚过，机关里还是个繁忙的季节。妻每次下班回到家时就说头疼。我和母亲都以为她是因为工作累的，她摇了摇头。实在挺不住了，她才去医院检查。医生给她开了一些治头痛的药片。服药也不见好转，她白天照样上班，头昏、目眩、呕吐，回家后每天总是很早就上床休息。

有位亲戚对医学有些研究，建议她去眼科检查一下。没有想到眼科医生当即让她住院，说头疼是由于眼压过高引起的，她患了严重的青光眼病，必须尽早动手术。

右眼动了手术，好了几年。后来眼压又猛增。过了不久，右眼失去了光感。医生教训说："为什么不动第二次手术？"天啊，医生不提示，病人怎么知道什么时候该动手术？妻自我安慰：左眼还有视力，照样可以工作。她仍然勤勤恳恳地在文化部艺术局担任外事秘书。工作有成绩，几次派她随团出国。

那时，我们家使用的是液化煤气罐。每次换来煤气时，妻总是用碱水把煤气罐大擦一遍，像新的一般。有一次，我去煤气站换煤气，那里的工作人员开始以为不是他们的煤气罐，不收，因为太干净了。他们说："何必擦它呢，一罐只能用一个月，你无法把所有的煤气罐都擦干净。"妻笑笑，说："擦干净一个是一个，总比脏好。"她的行为，很像我母亲，也许受到了母亲的身教。

妻感到遗憾的是无法整理我的写字台，只好不断地提醒我。我有时嫌她过于唠叨。可是事实教育了我。我不止一次把写给一位朋友的信，装进寄给另一位朋友的信封里。有时外出办事，竟把应带的东西忘在家里，以致白跑一趟。

1996年，妻的左眼视力也感到模糊。她有经验了，立刻到专科医院去检查。主任医生确定是白内障及青光眼同时发作，必须住院动手术。

那一年，妻连续住了四次医院，动了四次手术：安装人工晶体、硅管，眼球进行周切、冷冻。最后，妻的左眼的功能还是没能保住，完全丧失了视力。

她双目失明了。这是家中继1996年母亲逝世后又一个天大的不幸。

从此，妻整天生活在黑暗之中。

她的眼压仍然偏高，必须继续点药水。我成了她的护理员。

我本来办事马虎，给她点眼药记不清时间，便画了一个表格，每天什么时候为她上哪几种药：匹罗卡品、盐酸地匹福林、阿法根、贝他根——这些眼药剂轮流滴在两只眼睛上。

妻双目失明是痛苦的，但她坚强地忍着。我没有想到我这个毛毛躁躁的人居然能够周到地照顾她。我的身体亦多病，可是在护理妻子的过程中感到欣慰。

妻双目失明后，洗脸刷牙都很不方便。她总想自己来干这些事，不要麻烦他人，但常常出毛病。她只好把牙膏先挤在自己的手指头上，再抹在牙刷上刷牙。有时她把牙刷拿反了，毛向外，用塑料背刷牙，看着又好笑又心疼。从此，我总是争取早些起床，为妻做好各种准备。

妻丧失了视觉后，她的触觉提高了。

过去，家中总是一尘不染，妻每天都会擦净室内的大大小小的东西。现在她看不见，加上我对此无所谓，她便开始用手摸。摸摸锅盖和水壶外皮，只要有些不光滑，她就自己动手慢慢地擦。如今，厨房的器皿反而比过去干净了。

妻知道我马虎，又知道我怕麻烦，穿衣不在乎，所以每当我外出时，便拉住我，摸摸我身上穿的厚薄，说早晨天气预报是多少度。我说："冻不着！"看我不听她的话，特别是我不太搭理时，她便下最后通牒："为了我，你也得注意身体，我已经什么也看不见了，你腰脊椎狭窄，又患糖尿病，怎能不注意呢！"

妻从来不流泪，可是我从她苦苦哀求声中，看见了她心中的泪花。

妻爱吃哈尔滨熏肠，家乡朋友每次来京总会给她带几斤来。这种熏肠我们很少吃，全家人总是留给她。有时她问我："你在吃什么？"我说："吃熏肠！"其实我吃的并不是熏肠。我发现自己自私的东西也大大减少了。

在妻看不见的情况下，我能够满足她的愿望，似乎自己在道德上有所升华。

人——应当不停地完善自我。

情——应当在困难中磨炼。

我患有糖尿病。医生告诉我，绝对不许吃糖，少吃饭，把水果的食量减到最低程度。前两条，我能够做到，但让我少吃水果，我不想听从。

每次妻听到我吃东西便问："你又在吃什么？"我说在吃西红柿。她说："声音不对，让我闻闻你的嘴……"

过去，我们一起上街时，总是难于走到一起。她喜欢逛商场，我喜欢进书店。家的居住面积有限，书把人的活动空间给挤没了，可是我见了书，还想买。有一段时间，坚决不购书了。可是工作起来，发现不方便，便渐渐又恢复了老毛病。

妻听说我对某一本书犹豫不决时，便主动劝我："去买回来吧！"从她的声音里我感到极大的安慰。

1996年，妻的两只眼睛一点光感也没有了，再也看不到绚丽多彩的世界。如果天生是个盲人，也许另有感觉，而妻是七十岁时丧失视力的，其痛苦可想而知。

亲朋好友得知这一不幸消息后，无不表示关切、安慰，并给予种种帮助。大家的爱逐渐减轻妻的痛苦。

女儿从国外回来探亲，看到妻失明，决定不再出国，留在家里照顾妻。为了解除妻的烦恼，她天天陪着妻，选一些有趣味的文章读给她听。女儿真好啊！

和我们生活在一起的侄孙女玲玲则成了妻"听"电视的解说员。

妻的表妹艾琪是眼科医生。自从医生断定妻患的是青光眼，必须动手术时，表妹就多方操劳，不但自己检查她的眼睛，而且还邀请自己的老师帮助检查。表妹提出亲自为妻动手术。妻深表感谢，但没有接受她的提议。妻并不是嫌她年轻，经验少，而是怕自己视力不能恢复，表妹会为此负疚一生，更何况妻知道青光眼有遗传性，而遗传的病症是难以根除的。

女儿的朋友潘虹主动送来了特殊中草药。据制药厂介绍，它有神奇的功能。该眼药水滴在眼球上时，妻有些疼。可是她还是坚持每天点药，直到最后证明无效时才终止。

俄罗斯朋友——俄中友协副会长加林娜·库利科娃是我们多年的相识。她让我把中国医诊的病历写出来，通过驻华大使罗高寿求救于俄国最高明的眼科医生费多罗夫，费多罗夫很快就给罗高寿回了一封传真：

尊敬的伊戈尔·阿列克谢耶维奇：

我仔细地研究了作家高莽的夫人孙杰的病历。非常遗憾，毫无办法，但我建议她使用俄国生产的超音眼镜。这种眼镜在空间有助于掌握方向。近处或远处遇到障碍时，这种眼镜会发出声响。

此致

最好的愿望！

紧紧握您的手！

费多罗夫教授

费多罗夫是世界顶级眼科医生，既然他也束手无策，我们只好以病既来之则安之的办法来对待了。但俄罗斯朋友们的热情关怀，还是令人感动的。

彼得堡的华人画家石仑的夫人叶芙根尼娅从遥远的涅瓦河畔寄来一张耶稣基督的画像。她在信中写道，"这张救世主像在莫斯科由大主教亲自洗过礼，让他陪伴着你，也许会渐渐复明……"

还有很多朋友提出各种建议。

我真心希望妻有一天能重新看见我们日新月异的祖国、建设飞速的首都和亲人的外貌变化。

我看到妻的头发一天天白了，皱纹增多了，白眼球发红了，动作越来越谨慎了，她的外表在变，可是她知道我的形象变化吗？我的脸上出现了老人斑，额头上出现了抬头纹，头发灰白了……

我决定为她拍些照片，为不同时期的她留下纪念。最初，妻拒绝拍摄，说："我的形象拍出来不会好看，即使拍成照片，我还是看不见。"我说："我们不要绝望，我希望有一天你的眼睛能够恢复视力，能看见自己失明时的样子。"于是在她的生日，在我们结婚纪念日，在她喜欢的花开季节和各种有纪念意义的时刻，我给她拍了一张又一张，装了一本又一本相集。

我希望，我等待，科学更发达，盲人复明的时刻能够来临。

也许我在自欺欺人。

默默的壮丽

——悼楷哥

　　他随着解放军大部队走进了津门。在这座纷繁复杂而又急需整顿的大城市里成了公安战线上的一名新兵。那一年他 25 岁。在这里他接受了阳光雨露的润泽，也经历了狂风暴雨的吹打。他成了海河边上的一颗铺路石子，这座城市的一个公民。71 岁的时候，他离开了洒过汗水流过热血的第二故乡，永远告别了这里的父老兄弟姐妹。他尽了自己的职能，默默地走了。他为保卫祖国和人民的安全鞠躬尽瘁而未留姓名。他甚至要求把自己的骨灰也不要留下，让它溶解在渤海的碧涛之中。

　　很多人认识他，可是很少人了解他的事业。他的妻子——云，不清楚他的工作内情，更不用说他的母亲和儿女们了。亲人们只见过他成年累月地操劳，日夜不歇地奔忙，只见过他仰望节日夜空礼花绽开时会心的微笑，只见过他慈祥的眼光伴随着公园里谈情说爱的少男少女的喜悦……

　　可是，黑色的霹雳从天而降，在那是非混淆、黑白颠倒的十年里，他默默地承受了对他人格的污辱和刺心的谩骂。他被关进死囚的牢房。枪口对准他的胸膛，让他暴露不能暴露的秘密。他一字不泄露，一次又一次顶住了威胁，经受了生与死的考验。保密是他的天职，神圣而不容玷污。他无愧地坚持到走出牢门。在阳光下他又看到了摆脱掉恶魔的市民的幸福面孔，他又笑了，但他原本矫健的运动员的体质已经被折磨垮。严重的疾病侵入他的脑髓和内脏，使他不到离休的年龄就不得不离开自己的工作岗位。

邻里、街道上的人都知道他是一位和蔼可亲的老人，却不知道他为大家的安乐生活所做出的贡献。

扫街的清洁工几天见不到他的身影便会打听："那位老先生呢？"

天真的孩子们也追问妈妈爸爸："那位老爷爷怎么不来跟我玩了？"

卖奶的售货员看到熟悉的塑料小篮关切地说："怎么，老同志没有亲自来取奶呀？"

他们以为那位老人到外地去旅游了，或有事没有露面。岂知老人这时已躺在病院和死神进行着最后的搏斗。

痛苦啃蚀着他的老伴云的心。老伴悲戚地哭着："你不能走，我不让你走……"可是当她看见他吃不下饭，喝不了水，抽搐时令人惨不忍睹的样子时，又发出撕心裂肺的声音："你走吧！你太痛苦了。我送你走。你先到那边去休息一下，我会来陪伴你。现在我还得和孩子们生活在一起……"

在病床前日夜护理他的女儿如同受过专门训练的护士，也许比护士更尽职，照顾得无微不至。父亲脸上不留一根胡茬，被褥没有一点污迹。洗脸、按摩，对父亲不停地低低絮语。她喂了他最后一勺水。他悄悄地睡了，永远地睡了。女儿悔恨不已，暗自里敲打自己的头，喃喃地诅咒自己："我不该给他那一勺水……"

他没能和住在京都的老母亲告别。他是在老母亲百岁诞辰前夕走的。晚辈们谁也不敢把儿子逝世的噩耗告诉他的老母亲。老母亲最了解自己的儿子，最相信自己的儿子，她深信儿子从事着不需要她知道的但对人民是有益的工作。是心灵感应还是什么别的机能，促使老母亲每天拉着小儿子的手，摸来摸去，呼唤的却是死去的儿子的名字："楷儿，你又来看我来了，楷儿……"小儿子毫不犹豫地以哥哥的名义回答："妈妈，是我，是楷儿，是我来看您来了……"

有的人轰轰烈烈地度过一生，人世间流传着他们可歌可泣的业绩。有的人从事着轰轰烈烈的事业，但工作性质却需要他们默默无闻。他们的壮丽在于无名。他的同胞们无须知道他的功勋，甚至他的妻子、他的母亲，更不用说的弟弟与儿女们，因为他是为国为民从事安全保卫事业的战士。

辑二

我们的大旗

——忆冯至

在纪念冯至先生百年诞辰的日子让我发言,我感到惶恐与不安。我是他的晚辈,但不敢称是他的弟子,也不敢冒称是同行,处处都感到欠缺,都不够格。

冯先生是大学者,大翻译家,大诗人。他德高望重,学贯中外,精通古今,既写小说又搞翻译,既写律诗又写新诗,他把十四行诗引进到中国来,是创举又是开拓。

冯先生在外国文学界从教、搞研究、当编辑辛勤耕耘了几十年,发表过许多精辟的见解,成果累累,在不同时期,在历次运动中又几次否定自己,最后达到自知之明。他是外国文学界的一面大旗。

冯先生生平的八十八年中,一半是在旧中国一半是在新中国度过的。他是一位典型的爱国老知识分子,也是激情满怀的新生活的创造者。

十八岁他考入北京大学德文系,同时又选修国文系的课,当时他就意识到,学中又学西是为了中西比较,互相参照。不止于此，他还非常注意吸收其他文艺领域的学问，听音乐演奏，参观书画展览，开拓眼界，充实自己。用冯先生自己的话来说："懂得一点艺术，接受一点审美教育，对于学习文学是有所裨益的。"冯先生在北京大学攻读6年。后来在北京大学前前后后从事教学25年，培养了几代学子，桃李满天下。今天大厅里有很多他的高足，他们会讲述冯先生的治学思想和教学精神，不需要我在这里赘述。

1927年，22岁的冯至先生去了东北哈尔滨，在第一中学任教。哈尔滨是我的故乡，1927年我才一岁。他在哈尔滨看到的是一座"不东不西""奇形怪状"的大城市，"像是游行地狱，一步比一步深"使他恶心，处处感到阴沉，阴沉……

他利用新年三天的假期，用"浪漫主义的笔，蘸着世纪末的墨汁"抒发了个人的种种感触，写出500行的长诗《北游》。

《北游》使我认识了我出生地的丑陋的一面。多少年来，我一直想看到某一位诗人写我家乡的另一面，中国有很多诗人到过哈尔滨，而如此深刻揭示当时哈尔滨情景的只有冯至一人。

记得认识冯先生不久，我向他吐露出自己的愿望，希望有一天能读到他关于新的哈尔滨的长诗。

冯先生看着我，笑了笑，没有理睬我的恳求，把话题转向别的问题上去了。

我恍然明白了，诗是用生命的经历写成的，不是应景文章，不能说写好就好，说写坏就坏。那不成了廉价广告了吗！

1964 年，冯至先生到中国社会科学院新成立的外国文学研究所担任第一任所长；同时继茅盾、曹靖华之后又兼任《世界文学》杂志主编。我作为该刊的一名编辑，从那时起，便有机会较多地接触冯先生并聆听他的教诲。

冯先生是德国文学的专家。从留学德国时起，他一生都在读歌德、译歌德、研究歌德，早在抗战时期，冯先生在昆明时便着手翻译并注释《歌德年谱》。他曾讲过当时的情景：每天下午进城去昆明，第二天下课后再上山，背包里装的只有两种东西：一是在菜市上买的蔬菜，一是几本沉甸甸的《歌德全集》，只要有时间他就阅读歌德著作。他说，后来他能够发表一些有关歌德的论文，是与那时的努力分不开的。冯先生当时研究的何止是歌德，还有席勒，还有诺瓦利斯、赫尔德林、奥地利诗人里尔克……

20 世纪末我画过一幅歌德像，请冯先生过目并题几个字。他审视了良久，认为歌德的眼睛画得有神，于是兴致勃勃地在画像上提了四句话：

> 你的幸福的眼睛，
> 你的目光所及，
> 无论是些什么，
> 都是这样美丽！

他题写的正是他译的歌德的《守望者之歌》最后四句。冯先生的题诗使我的画有了灵气和神采。他比较喜欢这幅画，曾向一家出版社建议用这幅画像给他的译诗集做封面，但未被采纳。

冯至先生一直以来都极其重视文学翻译工作。

早在20世纪40年代他说过："翻译外国文学，不外乎为了两个目的：积极方面是丰富自己，启发自己；消极方面是纠正自己，并在比较中可以知道自己的文学正处在一个什么地位。"他的这个标准，对于今天的翻译界仍然是适用的。诚然，在这之后，他又多次专门论述过文学翻译的重要意义。

冯先生作为一位老学者、老专家非常重视发现人才。给我留下很深的印象之一是他几次提到绿原。绿原是诗人，因"胡风冤案"曾被关在监狱中多年。但绿原是真正的有良心的求上进的知识分子，他在逆境中，灾难临头时，也没有放弃学习和自我修养。他在监狱中学会了德语，平反后被派到出版社工作，接手处理大学者朱光潜先生据德文原本译出来的莱辛美学名著《拉奥孔》。绿原在审稿时对译文提出十分中肯的意见，使冯先生无比赞佩，他很想知道这位编辑是何许人，能如此深刻地理解原著精神。得知是绿原时，他感到十分惊讶。他知道绿原写诗，懂英文，但没有想到他的德文也有如此高的水平。冯先生对他肃然起敬。绿原后来著文论述"中国和德语诗歌的比较"，做出突出贡献，得到冯先生高度的评价。

有一次我看到冯先生写的文章中涉及瑞典剧作家、小说家斯特林贝。我曾经注意过这位才华横溢的人，他远离中国，居然专门研究汉字，还写成《中国文字溯源》一书。我奇怪的是别人把他的姓译成"斯特林堡"，而冯先生写成"斯特林贝"。是笔误？我把自己的疑惑告诉了冯先生。冯先生认真地听了我的意见，但没有改动译名。他可能发现了我的困惑，便作了一个解释。他说他在北京大学读书时，听过鲁迅先生的课。鲁迅无意中提到斯特林贝名字的翻译方法。鲁迅先生说：斯特林贝这个名字，一般都译为斯特林堡，他认为这种译法欠妥。他说 burg 有堡的涵义，人名地名若以 burg 收尾，译成"堡"，既译了音又表达了意。至于以 berg 收尾，不能译成"堡"，因为这既不是译音也不是译意。

冯先生牢牢记住了鲁迅先生的教导，从那以后，每逢遇到 berg 收尾的人名或地名，他从不译成"堡"。这是翻译上的一个小例子，但给从事翻译的人以很大的启发。

大家盛赞冯至先生在介绍外国文学方面的贡献，他却以惯有的谦恭表示，他不过是一名外国文学界的"导游者"。

我和冯先生接触中，很少听到他谈及鲁迅先生与他个人的关系。可是我们从鲁迅先生的日记，从他人的回忆录中，知道青年时代冯至曾几次访问过鲁迅先生，鲁迅先生评论过冯至参与编辑的《沉钟》杂志，评论过他的作品，还给他写过信。鲁迅先生称赞冯至是"中国最为杰出的抒情诗人"，这是多大的荣誉！但冯先生从不借鲁迅先生的赞誉炫耀自己。同样，他写的关于伍子胥、关于杜甫的中国历史小说洋溢着真情与历史感，深刻而又感人。人们赞扬他，他只是谦虚地表示：那仅仅是他"用一点工夫写出来的"。他在治学方面表现出异常的严肃、科学的态度，无疑是文学研究和文学创作方面的楷模。

在冯至先生领导下，我工作了近 30 年，可是我没有能力写出评论冯至先生的学术、诗歌与小说的创作以及翻译等方面的文章。但，没有想到的是我竟为冯先生画了一些速写和肖像：冯先生在做报告，冯先生开会时在发言，冯先生在与人聊天，甚至"文革"期间冯先生在作检讨，下放"五七干校"，走泥泞的路，直到冯先生弥留期间躺在协和医院病床上的最后时刻。

1980 年冯至先生 75 寿辰，我为他画了一幅水墨肖像。冯先生站在一片青翠竹子前。先生在画上题了一首诗：

> 岁月催人晚节重，
> 旧皮脱落觉身轻。
> 常于风雨连绵后，
> 喜见红霞映夕晴。

先生告诉我，这是他的一首旧体诗，为自遣自励而做，并不为发表用。我觉得这首诗写出了中国老一辈知识分子的复杂心理，既有对过去的否定，又有对晚年的珍视，又表现了走向社会主义道路的艰辛曲折和对未来的喜悦与向往。

讲到这里我不能不引证他晚年时写的一首诗《自传》：

三十年代我否定过我二十年代的诗歌，

五十年代我否定过我四十年代的创作，

六十年代、七十年代把过去的一切都说成错。

八十年代又悔恨否定的事物怎么那么多，

于是又否定了过去的那些否定。

我这一生都像是在"否定"里生活，

纵使否定的否定里也有肯定。

到底应该肯定什么，否定什么？

进入了九十年代，要有些清醒，

才明白，人生最难得到的是"自知之明"。

这是多么有哲理的作品啊！他写尽了中国的文人的命运，诗人的苦恼，政治运动中的挣扎，悲喜交加的经历……

冯先生在他的遗嘱中，谆谆告诫后代：希望他们"老实做人，认真工作，不欺世盗名，不伤天害理，努力做中华民族的好儿女"。这岂止是对自己的后代，也是对所有的后来人，特别是对我们从事外国文学研究的人员的语重心长的期望。

冯至先生是我国外国文学界的一面旗，迎风招展，号召我们永远不要满足于现状，永远有所追求，要能够否定自己，也要善于肯定自己，要有自知之明！

感念恩师

——忆戈宝权

我一生很幸运，遇到不少良师益友。戈宝权先生就是其中一位。我第一次见到他是在新中国成立前夕。

那是 1949 年早春时节。我正在哈尔滨市中苏友好协会工作，常常给当地报刊翻译些诗歌散文，写些小文章，介绍俄苏的文学与艺术。有一天，领导通知我，说路过哈尔滨市的戈宝权同志想和当地的俄苏文学译者、研究者见见面，座谈座谈。那时，"戈宝权"的名字在我的头脑中是位高不可攀的人物，他的译著是我学习的榜样，具有指导意义。（那时，我还不知道他被派往莫斯科担任新华社驻苏记者。新中国成立后，根据周恩来总理的任命，作为新中国的驻苏使馆的代表接收了国民党的驻苏使馆，并担任了新中国驻苏大使馆的临时代办和参赞。）

按着指定的日期与时间，我早早地来到了指定的地点。戈宝权先生准时到了。他当时的穿戴和广大革命干部不一样。大家穿的是黄色军装或蓝色干部服，而他身上是一套西装，梳理整齐的黑发。他戴着一副近视眼镜，脸上露着亲切的微笑。他谈话客客气气，只是浓重的苏北口音使我听起来有些费力。他问其他几位被邀请的人怎么还没有来？我不知道还有谁。他取出笔记本，念了几个人名。我茫然不知所措，因为那几个名字都是我的笔名。戈先生笑了，打量着我。也许他失望了，几个名字竟是一个人，而这个人又太嫩了。

那年我23岁，很不成熟，与现在的23岁青年相比差太多了。他并没有因为出席座谈会的只有我一人而将发言删减省略，或应付几句了事。相反，他讲得津津有味，谈苏联文学现状、谈苏联作家、谈他与苏联文学界的交往，还谈了他自己怎样走上了研究俄苏文学的道路，如何进行诗歌翻译。他让我讲讲自己的情况。我记不得我都说了些什么。告别时，他可能听出我的语文水平不高，文化素质较低，便鼓励我要加强中俄文字修养与锻炼，要刻苦，要勤奋。

那是我第一次听人讲授俄苏文学课，讲授如何治学，讲授翻译的重要意义，而讲课人是戈宝权先生。我觉得，他很理解对方的需要，他把我想知道的、我没有说清楚的和需要知道的事都告诉了我，还指出了我努力的方向。我暗自思忖，如果有朝一日能在他的身边工作该有多好啊！没有想到，几年后，我的愿望竟变成了现实。

第二次见到戈先生，是1953年的夏天。我作为一名翻译，随中苏友好协会代表团前往苏联参观访问。火车经过七天七夜的奔驰，抵达向往多年的莫斯科。车站上聚集了很多迎接代表团的苏联人，他们手中捧着鲜花，脸上露着微笑。戈宝权先生也在他们中间。他是作为中国驻苏使馆的代表来欢迎中苏友协代表团的。我在这种场合做翻译，感到紧张。这已不是二人坐在桌前慢慢地用祖国语言交谈，而是要在众目睽睽之下，当着他的面，做口头翻译，经受俄语的考验。戈先生居然还认识我，他大概意识到我的不安，主动提醒我要冷静，要沉着，要认真。他看了看我，又加了一句："遇到疑难我会帮助你。"多么温暖的声音，多么亲切的关怀！我如释重负，信心倍增。从那时起，我愿意在他面前从事口译，不怕出丑，还可以时时得到他的指导。他随时随地以长辈的体贴口吻，纠正我翻译中的失误或遗漏。他的态度、他的声调，增强了我工作的勇气与信心。

1954年2月，戈宝权先生离任回国，调到中苏友好协会总会当领导。我正是他管辖下的对外联络部的一名工作人员。那时，我经常跟随他接待苏联来宾。戈宝权先生知道我喜欢画画，画速写肖像，特别是文学界人士，所以他有时有意给我留出一点时间来，让我满足自己的心愿。记得有一次还发生了一个小小的误会。那一天，主客随便交谈，戈先生对我说："你画吧，我自己与他们随便聊聊。"戈先生的俄语讲得很地道，知识渊博、词汇丰富，只是发音带有江苏家乡的味道。戈先生意外地用俄文讲话，使习惯于听我翻译的苏联客人毫无准备，一时没有反应过来。苏联客人以为我在作画，不做翻译，便催促我。待我说明之后，他们才恍然大悟。

戈宝权先生是学者是翻译家，他从事学术研究态度严谨，从不投机取巧，更不回避困难。每逢遇到疑难问题，总是查遍各种书籍，反复向行家请教，想尽一切办法把问题解决了。戈先生又十分虚心，不耻下问，有时也找我们商量某字某句的译法，和我们一起探讨学问。有一天，我去看望先生，谈话间他顺手拿出几页纸来递给我。我一看，愣住了。他在《人民日报》上看到我发表的《〈阿Q正传〉在苏联》一文，认为有用，又不肯麻烦别人，便亲手抄录了全文。那时，我国还没有复印机。这事使我深为感动。

戈先生诲人不倦。我喜欢向他请教。他从来不拒绝。有时，为了帮助我，他不惜停下手头的工作，拿出很多时间与精力为我写出很长的解释文字来。这使我感到过意不去，也使我渐渐不敢去过多地打扰他，占用他的宝贵时间。

在那个史无前例的年代，我们在河南信阳五七干校度过的一段时间，戈先生担任外文所的投递员，我在伙食班当管理员。有时我们利用假日到附近的小树林里或开阔的野外去散步。我又有机会聆听先生如痴如醉地谈文学、谈翻译甚至谈做人的道理。记得他说："人在任何时候都要胸怀希望，不应气馁，更不能绝望。"他的话使我想起他受审查的情景。每次对他批斗之后，他很快就会恢复常态——乐观地又带一点儿傻气地搞他的学问。那时，在小树林里，我为他画了一幅小小的油画像，成为逆境时的纪念。

粉碎"四人帮"以后，戈宝权先生焕发了青春。他要补上被强占的、没能从事学术研究的十年时光。他写作，他翻译，他出席各种会议，应邀到各地去做报告，讲学，又多次到国外进行学术访问。

1992年年底，戈宝权从美国回来，下飞机便直接进了医院。我急急赶到医院去看望。先生一动不动地躺在病床上。床头吊架上悬着打点滴与输入高营养液的玻璃瓶，腰部插着排泄的导管。

我望着这位师长，心头阵阵酸痛。他可清醒？可认识来者？可听见我的声音我讲的话？

"你说吧，他能听见！……只是他说不出声来。"戈宝权的夫人梁培兰轻轻地告慰我。

戈先生的两只眼睛眯缝着，我知道，他有一只眼已失明多年，另一只眼视力很低，是常年劳累的结果。当年乌黑油亮头发，如今已染上了白霜。他的皮肤颜色本来较深，现在在一片白色的病房中，显得更黝黑了。他的脸抽搐了一下，眼皮动了动，手指头微微弯曲了几次。我立即躬下身去，凑到他的嘴边，只见他轻轻地嚅动嘴唇，却听不到声音。他大概是跟我打招呼，也许是在表示什么。

我在想戈先生在说什么呢？他有惊人的记忆力。年轻时他学习了英、法、日、俄文，在他叔叔戈公振的带领下开始新闻记者的生涯。多少年过去了，可是回忆往事时，他对每件事的细节都记得清清楚楚。

　　六十年来，戈宝权先生为中外文化交流做了大量工作。20世纪30年代，是他最早最详细地从苏联向国内报道了普希金的百年忌辰的活动、高尔基逝世的隆重的葬礼、梅兰芳第一次在社会主义国家的演出及文艺界的反响。40年代，在艰苦的条件下，他翻译、编辑、出版苏联人民反抗德国法西斯战争的文学作品，借以鼓舞国人的抗日热情。那时他已是俄苏文学的著名翻译家了，周恩来同志还专门为他翻译的《爱伦堡特写集》题写了书名。50年代初，他在我驻苏使馆任代办与参赞，后调到中苏友好协会总会担任要职，为加强中苏人民之间的友谊，做了不懈的努力，成为文化与友谊的使者。改革开放以来，戈先生的才华再度闪光，他的译著连连面世，国内外各地名牌大学邀请他担任客座教授，授予他荣誉奖状与勋章。他的家乡江苏省还以他的名字设立了文学翻译奖，奖掖与扶持青年文学翻译工作者。正当北京出版社编辑出版他的文集时，他突然病倒了。所幸他身边有夫人无微不至的护理，不仅保护了他的健康还代替他整理了稿件。

　　我坐在他的身边，追忆在戈先生领导下工作的经历，一晃已经四十多年了。在这四十多年里，我的工作有几次调动，但都和他在一起。在工作方面，他一直是我的领导，在学术方面他一直是我的老师。

　　戈宝权先生是我国介绍、翻译俄苏文学的杰出学者。他接过了鲁迅、瞿秋白、茅盾、曹靖华等老一辈的接力棒，奋力地往前奔跑。在学术领域，他拓宽了研究文化交流的范围，写了不少文章，集成厚厚一本，以《中俄文学交流因缘》为书名问世，其资料之详实、之丰富，是前无古人的。

戈先生的学术活动加深与扩大了我国与俄苏作家的友谊与交流。很多苏联老作家都认识他。他悉心保存了他们寄给他的信件、赠书、题词等。在"文革"期间他一封信也没有销毁，一本书也没有扔掉。他相信历史是公正的。几年前，他把自己的藏书捐赠给南京图书馆，成立了"戈宝权藏书室"。半个多世纪苦心积累的文化财富，如今变成大家可以享用的宝贵资料，显示了他博大的无私的胸怀。我感到幸运的是我为他画的一幅肖像也挂在"戈宝权藏书室"内，画上留下了大学者顾廷龙老先生的长篇题词，全文如下：

宝权同志系江苏东台人，酷爱中外图籍，勤访博览，积聚逾五十年，插架琳琅，自署其藏书之所曰：万卷书斋。宝权译著等身，驰誉遐迩，建国初来沪，访其叔公振先生，藏报于上海图书馆，余始获奉手承教，忽忽三十余年矣。今岁七月五日，宝权眷怀桑梓，慨将万卷书斋藏书悉以捐赠南京图书馆，甚盛举也。专家藏书自成系统，一旦出而供诸全省，抑将使读者窥其治学之途径，继武有成，实为津逮宝筏，他日研究宝权之生平，亦可取资于是也，嘉惠士林岂浅鲜哉！名画家高莽同志为之写照，属系数语以志鸿雪。

一九八六年十二月苏州顾廷龙时年八十有三

戈先生八十寿辰之日，我又来到了他的病床前，好像是春天回到了他的身边。他笑着接过鲜花，与我攀谈。他的声音低微，吐字尚且含糊，但从他那红润的面颊上，知道他的病情已经摆脱险境。他又开始关心别人，嘘寒问暖，鼓励晚辈。他盼望自己早日出院，重回书房工作，他不能不工作，他还有许多理想等待去实现！戈宝权先生是一位不知疲倦的学者。

最近几年，戈宝权先生一直住在南京后半山园一栋小楼里，长期卧床。梁培兰承揽了全部繁杂的家务，起居保健，体贴安慰，更重要的是全心全意代他整理零乱的稿件。这事对她不是没有困难的，但她不屈不挠，帮助戈宝权编成了译文集、纪念集和画册，并写成一些文章介绍戈宝权生平有意义的活动。

我经常在长途电话中听到梁培兰从远方传来的报告戈宝权先生见好的信息。

我现在只能默默地想念戈宝权老先生，并感念他对我教育的师恩。

永远是兵
——忆华君武

　　案头上摆着华君武的一本新书《漫画一生》。扉页上印着"谨以此书献给华君武先生九十华诞"。2005 年，华君武先生九十高龄了！可是他仍然在漫画大地上耕耘。在那前两天我还在《人民日报》上见到他抨击"台独分子"在东京参拜供有日本甲级战犯的靖国神社的新作。"台独分子"戴着礼帽，屁股后面拖着一条尾巴。画是那么尖刻，那么辛辣，真是一针见血！他曾经对我说过，他本想刻一枚闲章"退伍兵"。显然，在风云激荡的日子里，他还是退不了伍，他永远是现役军人，永远是兵，永远在战斗。

　　抚摸着这本精致的图书，我脑子里浮现出许许多多的往事。

　　1946 年，我在哈尔滨认识华老。那时，哈尔滨从日本帝国主义统治下刚刚解放出来。我是一个长期受敌伪奴化教育的小青年，他是从延安圣地来的老革命。在一次美术展览会后的座谈会上相识。可能我年龄小，又画油画，说话无所顾忌，嘴上没有遮掩，所以他对我产生了兴趣。他很关心我的成长，不仅平时多有教诲，而且还到我家看过我的画，跟我母亲聊天，了解我的情况，鼓励我进步。几十年来，我一直感受到他作为前辈和长者的呵护，1950年初他在《文艺报》上对我的四幅漫画的批判，使我在以后的历次政治运动中没有再成为革命对象。

一晃六十年了！六十年间我国发生了翻天覆地的变化，风风雨雨，运动频繁，很多人才不待开花结果便纷纷凋谢，而有的人却活了下来。活者便成了祖国历史巨变的见证人。

华君武的《漫画一生》一书洋洋洒洒三百多页，有文有图还有不少照片。捧读之余，感慨万千。翻阅这本新书，就像阅读一本历史教科书。书中有珍贵的照片，有意味深远的随笔，也有别具一格的漫画作品。从照片上，我们可以看到华老幸福的家庭和他几十年的外形变化。上海时翩翩少年，延安时艰苦朴素，新中国成立后与文艺界朋友们交往，深入生活，下农村，到部队……直到白发苍苍，手没有放下画笔，但多了一根拐杖，精神仍然矍铄。

华老人老，心不老，创作热情仍然激荡在他的心中。《漫画一生》讲述的虽然仅仅是个人从事漫画的经历，但书中充满人生哲理和警世箴言，让读者理解了好多人生哲理。

漫画，过去盛行于国外，读者主要是市民。经过多年不懈的努力、探索、追求，华老和他的同辈和晚辈漫画家们把漫画演变成中国广大群众喜闻乐见的艺术创作，何其不易！不从事漫画的人是难以想象的。

华老告诉人们，锲而不舍是一个人干任何事情都不应缺少的精神。他以自己的经历为例作了剖析。由于对漫画有特殊的爱，他20岁左右在杭州读书和工作时，便不断作画，寄给报刊，画了200多幅漫画，可是登出来的寥寥无几。那时他还不理解：没有深厚的人生基础，没有广泛的社会经验，没有相当的绘画技巧，没有洞察人际关系的分析能力，是创作不出具有深刻内涵的漫画作品来的。作品虽然很少见报，但他没有泄气，继续画。随着年龄的增长，阅历的增多，技巧的提高，又接受了革命的思想，经过几十年的磨砺，他终于实现了自己的愿望。

漫画是艺术，是创作，根据个人的经验教训，华老一再告诫人们，要创作，不要跟作。只有创作才能有真正的艺术作品，所有名副其实的艺术家无一例外。华老在他的随笔中回忆自己年轻时，不但作画模仿洋人，甚至连签名也模仿洋人。追求革命，离开十里洋场的上海，来到了革命圣地延安，接触了新的读者，特别是广大农民群众，发现自己的作品不受欢迎，因为脱离生活，洋味太浓，中国老百姓不喜欢，甚至看不懂。为谁画？画什么？怎么画？这些问题摆在他面前。在生活实践中他逐渐意识到：作为一名中国漫画家，必须为中国广大人民群众服务，作品必须为中国人民所喜闻乐见。

他听了毛主席的教导，又听说作家孔厥如何虚心地学习劳动人民的语言，他的写作获得群众的欢迎。华君武也深入群众，记录农民在与天与地与人斗争中积累的富有哲理的成语、歇后语等，把这些生动的语言运用在漫画的标题上，观众立刻另眼相看，使自己的漫画有了新的气象、新的读者。他终于领悟到漫画的大众化与民族化的必要性，同时使自己的作品贴近了中国读者的心，并得到他们的认同。

第三次国内革命战争年代是他思想成熟和画风升华的阶段。他当时在哈尔滨《东北日报》工作。华君武的漫画达到新的高度，发挥了团结人民、教育人民、打击敌人、消灭敌人的重大作用。他创作出一批抨击美帝国主义和蒋介石的漫画，成为那个时代的标记，也形成了自己独特的风格。记得那时，每天《东北日报》一面世，读者首先抢看的就是华君武的漫画，从中可以了解战争进展情况，也可以看穿美蒋的阴谋诡计。

他笔下的蒋介石身穿美制军服，太阳穴上贴着一块黑方块头痛膏药。这是纯粹中国的特色。寥寥几笔，活灵活现。中国老百姓一看就知道这是个无赖、坏蛋，那块黑方块药膏真是画绝了。这种漫画给人民带来了喜悦，同时加剧了哈尔滨国民党特务组织的仇恨，在他们开列的暗杀名单里，除了党政领导以外，把这位漫画家华君武也列了进去。这是华君武政治漫画成功的标志，是他作为漫画家的光荣。

华君武的国际政治漫画具有了中国特色，与外国政治漫画在人物造型与处理上都截然不同。其特点就是中国人爱看，民族化了，大众化了。

新中国成立了，敌人失败了，再画什么漫画？新的课题，新的任务摆在漫画家面前。他意识到，社会制度变了，所有制改变了，但人们的思想没有彻底改变。一些封建落后思想的残余还存在于人们的脑子里，有机会就沉渣泛起。华君武感觉到人民内部的不良思想和行为也应当讽刺。他画了一些社会生活漫画，较多的是意识形态上和人性上的问题。华君武牢记毛主席在延安时对他讲的话：画漫画要区别"个别和一般，局部和全局"。只有恰当地处理好这种关系，漫画才能收到预期的效果。华君武的漫画有了新的突破，做出了新的贡献。

华君武从自己长期作画的经验中悟出个道理，漫画主要应该是"对事不对人"。他的《永不走路，永不摔跤》可谓最杰出的一幅作品。画的是有人怕犯错误，怕挨批评，宁可少做事或者不做事。1962年8月，党中央召开全体会议，这幅漫画附在散发给与会代表们阅读的文件中。毛主席还在附有这幅画的文件上批了八个字："有了错误，改了就好。"党和国家领导人如此重视漫画的作用，使漫画家感到温暖。

"讽刺永远需要"这是天经地义的事，自从人类出现了劣迹丑行，讽刺就相应而生。自古以来，人类就创作了很多杰出的文学艺术作品。但"讽刺不可滥用"，这是摆在漫画家面前的新的重大课题。在新中国成立后，尤显突出。个人创作上的成功与失败，读者的赞扬与批评，逐渐使漫画家理解了这句话的深刻内涵。它划分了敌我矛盾和人民内部矛盾在漫画上应采取的手段。

华君武一直保持着认真观察世态变化，采集各种知识的习惯，同时注意向各方面专家、向美术界老前辈取经。他从齐白石那里学到作画时如何处理空白，如何巧妙地使用语言，如何在画上题词加诗；从李可染作画中学习如何运笔用墨等等。当然更重要的是向生活学习，在生活中汲取营养，充实自己的创作。

华君武创作的肖像漫画在数量上少一些。我们知道很多漫画家都给自己画漫画像。华君武则不同，他避开了相貌，而以情节代替，画双手捂脸，画背向观众在写字……他认为肖像漫画不一定夸张一个人的丑，而是夸张他有趣的东西。《漫画一生》中刊出几幅这类作品。他画的大学者钱锺书的漫画：《先生耐寒不耐热》就是突出的例子。钱先生热心于钻研学问，厌烦无聊的炒作，可是报刊上偏偏刮起一阵又一阵"钱锺书热"。华老画了一幅钱先生坐在澡盆里，接受开水淋浴的画，可谓热也。画上的钱先生是一副无可奈何的神情。画中突出了这位特殊人物的特殊性格，更何况华君武将钱先生的形象画得惟妙惟肖。

这类人物漫画在书中还有几幅，如《小丁藏书票》《袁水拍除四害》，都很有情趣。他为《黄裳戏剧论文集》画的封面也别开生面。当然，有的人物漫画则尖刻辛辣，如《老娘登极》。江青野心勃勃是那么想当女皇，最后不是坐在金銮殿上而是站在被告席上，一副狼狈相，为人民所不齿。

华老在《漫画一生》的一篇文章中顺便提到："迟钝是漫画之大敌。"人在一生中任何时候，做任何事情，都不应当迟钝。从他画的形形色色、方方面面各种题材的作品来看，他对社会生活的观察是非常灵敏而又细腻的。他善于发现有趣味的笑料，甚至连对足球的期盼也进入他的漫画。他喜欢画各种飞禽走兽，所以老虎、牛、马、狗、猫、兔子、老鼠、鸡、企鹅、啄木鸟、乌龟、鱼都成了他作品的主人公。

华老在"文革"期间被下放到农村，接受劳动改造，让他养猪。他养过大猪小猪，公猪母猪，对猪有了一定的认识。中国古典小说《西游记》中又有一个重要人物猪八戒，再加上我国民间有大量以猪为主的谚语。猪便成了他作画的特殊角色。华老认为人性中的弱点，猪八戒几乎大都具备，酒色财气吃喝玩乐样样俱全，"在社会上猪八戒式的人物还不少"，这是华老的发现。于是华老便借猪八戒的形象和行为大量作画，讽喻众生。他创作的猪八戒系列，博得读者热烈的欢迎。如猪八戒因公私不分而被留级，猪八戒使用低劣产品的钉耙而败下阵来。为了嘲讽专爱请名人首长题字的人，他画了《猪八戒画长卷诸神题字》；为了嘲讽利用公家的东西炫耀自己的人，他画了《猪八戒招亲摆谱》；为了讽刺那些不惜花钱把自己编入"名人大辞典"中的人，他画了《猪八戒怀古》（画上的猪八戒说："当年吴老先生写《西游记》时一个钱也没有要，现在要出《名猪大辞典》就向我要钱，外国还要美金。"）以及《猪八戒路遇假后代》《猪八戒上文明课》等等。他还画了整整一套《猪年漫画特种封》，成了集邮爱好者们的珍品。尤其令人痛快的是刻画"四人帮"中的张春桥受审的那一幅《死猪不怕开水烫》，巧妙地暴露了张春桥负隅顽抗的丑态，又发挥了成语的巨大艺术魅力。

《漫画一生》——读文字有味道，看漫画有情趣，越看越感到画中有说不尽的话。

当年，华老接待苏联外宾和出国时，我给他当过翻译。华老的作品和他的仪表都给外国艺术家们留下深刻的印象。记得20世纪50年代，苏联人民画家茹科夫对我讲过："我看到华君武的漫画那么犀利，他的外貌又那么漂亮，不由得便拿起笔来为他画了一幅肖像。"这幅肖像曾以整版刊载在苏联发行量最大的《星火》画报上。

1963年，华君武率艾中信和我出席了苏联第二届美术家代表大会。华君武在克里姆林宫议会大厅的讲台上代表中国美术界致了祝词。当他正要回到自己的位子上时，被坐在主席台上的著名女雕塑家别拉绍娃拉住。她悄悄地说："真想给您雕座头像……"我当时为他当翻译，所以记得这件事和这句话。华老年轻时风流倜傥，潇洒英俊，到了老年依然光彩照人，他的风采打动了外国雕塑家的心。

华君武的灵敏是惊人的。记得我们在莫斯科时，苏联著名老漫画家叶菲莫夫请我们到他家去做客。叶菲莫夫于1958来过我国，在上海郊区墙壁上还画过大跃进的漫画。他与华君武是老相识。他家里挂着一幅静物水彩画，让我们欣赏，然后狡黠地问我们：可知道这位"著名画家"？我们看了看画，看了看画家的签名，不认识也没有听说过，觉得有些难为情。这时，华君武突然有所发现，让我把画者的名字反读一下。谜底揭穿了，原来这是叶菲莫夫本人的作品。他的姓用拉丁文写的是 YEFIMOV，反读便是 VOMIFEY，颇有意大利人的姓氏的味道。叶菲莫夫不胜惊讶，华君武怎么猜出来的？他怎么那么机灵？我到现在也茫然。

华君武的漫画道路不是平坦的，这和当时总的形势和个人的认识分不开。50 年代，我国以阶级斗争为纲，思想交锋频繁，反对各种"反党集团"，反右、反右倾……华君武用自己的漫画伤害过一些同志，他沉痛地表示："在许多人蒙受迫害、家破人亡的时节，我却在一旁推波助澜。"他诚恳地说："对自己的应负的那部分责任，还是应由我自己来担当的，因此我在一些个人漫画展的前言上说明了我的错误。"他请人刻了一枚闲章"大愚若智"，一反"大智若愚"。他是在为自己敲响警钟，切不可再犯盲从和自以为是的错误。我也听他讲过自己对不住同志们的一些令他心疼的往事。这些年来，他经常反思自己，又大力帮助别人。

华老已九十高寿，他的生活丰富充实，健康状况良好，有时还在作画，谈话中无时不闪烁着幽默的灵气。

祝愿华老青春永驻，创作丰富，为中国美术界再添光彩！

盗火者与养花的老人
——忆曹靖华

曹靖华是鲁迅先生的学生、战友，是鲁迅先生造就出来的翻译大师。鲁迅先生寄给曹靖华的书信，数量之多，仅次于许广平先生，其中大部分都与翻译、出版事业有关。

我们是晚辈，都尊称他为"曹老"。

曹老生活俭朴，从来没有穿过贵重的衣服，出国也是一套简单的西装和中山装。留着平头，花白的头发说明了他的高龄。曹老性格耿直，说话不会花言巧语，对上对下对内对外一律平等，推心置腹。

曹老走过的路，正是我和同行们行进中的路。我们以曹老为师，处处以他为榜样，学习他的治学精神和专业本领。

翻 译

曹老是遵循鲁迅先生的教导，以"别求新声于异邦"为己任，在风雨如磐的旧中国，为争取祖国的独立与人民的解放，而踏上了文学翻译的道路。从 1923 年翻译第一部作品开始，到抗日战争胜利，在二十多年的时间里，曹老翻译了大量苏联革命文学杰作。当时，苏联也不乏趣味低级、庸俗无聊的小说，若译成汉文，在醉生梦死之辈之中也会有市场，有销路，有利可图。曹老深刻意识到鲁迅先生所加于他的重担，社会影响之大，所以没有随波逐流，而是逆流勇上，翻译了《铁流》《一月九日》《第四十一》《粮食》《不走正路的安德伦》等，协助鲁迅先生开辟了文学翻译事业中的正确航道。鲁迅先生逝世以后，曹老继续沿着这条航道前进，为饥寒交迫的人民引来了《我是劳动人民的儿子》《保卫察里津》《侵略》《虹》《油船"德宾特号"》《城与年》等。这些作品，在革命战争年代，起到了鼓舞人民斗志和培养新人的积极作用。现在，有多少革命家在回忆自己走过的历程时，都得感谢曹老当年的贡献。作为晚辈，在译海波涛滚滚的今天，不可迷失方向，更要学习曹老治学的风格，即鲁迅先生对他的评语："给奴隶偷运军火"，是"一声不响，不断地翻译着的一个"。

曹老不仅把翻译事业与革命斗争紧密地联系在一起，而且还把它看成是一门科学。鲁迅、瞿秋白、茅盾等前辈有关文学翻译的论述形成了我国近代翻译的科学原则。鲁迅提倡"直译"，瞿秋白要求"绝对的正确和中国白话文"，茅盾认为，"与其失'神韵'而留'形貌'，还不如'形貌'上有些差异而保留了'神韵'。"曹老正是这些主张的身体力行的实践者。探讨曹老的译文是专门的命题，可以写成专著。我只想说，曹老深刻理解原著精神、时代背景、艺术风格、语言特色，并以熟练的汉语做了忠实的表达。正因为如此，他的译著直到今天仍然是经得起考验的。作为一名文学翻译工作者，我忘不了曹老的有关教导。1977 年国庆节前一天，我去看望曹老。曹老那天情绪很好，这是粉碎"四人帮"之后的第一个国庆前夕。曹老兴致勃勃地谈鲁迅，谈写作技巧，谈翻译经验。他说："翻译界有些同志不太注意汉文修养。应当用汉文写点东西，锻炼自己。汉文有两点必须注意。一是词汇要丰富。只有掌握了丰富的词汇，才能用之得当。可是有人常常使用'替代品'。我还记得曹老当时脱口说了一个俄文词'cypporat'。他说用 cypporat（即'代用品'）译文学作品，作品就没有味道了，说明了译者语言贫乏。"曹老接着说下去："二是表达原文要细腻。"他思忖了一下，说："文字是表达不尽人的感情的。以《长恨歌》为例。这么一部伟大的作品，结尾运用'天长地久有时尽，此恨绵绵无绝期'。说明白居易认为自己的文字还没有表达尽唐玄宗李隆基的全部丰富复杂的情感。"曹老说，30 年代，有个人对他说："翻译时每个字都查过字典，为什么还不行？"曹老的回答是："正因为每个字都按字典的解释翻译的，就不成其为文学作品了。"曹老说："字典只能告诉你一个基本意思，不是用在任何一地都合适。"他又举了一个例子。"北京的泥瓦匠很有手艺。他用破碎砖头可以筑起很高的墙壁，但它不牢靠，经不住长年的风雨……"

曹老认为自己从唐诗中吸取过宝贵的营养。我曾听曹老背诵唐诗，并称赞诗中的意境。

教　学

《城与年》是曹老1946年译的最后一部苏联文学作品。从那以后，曹老便转向教学了。记得曹老说过："抗战时我从事文学翻译是为了反对法西斯主义，打倒蒋介石。"我想，曹老从这时起集中精力培养俄语人才，是做了全局性的战略考虑。一位翻译大师搁笔，固然很可惜，对我们翻译界不能不说是个损失，但在必要的时候能停下笔来，需要有多大的毅力，又表现了何等可贵的风格！

曹老长年在教育战线上培养过人才。在中国，在苏联，都有他的学生。大革命失败以后，曹老第二次去苏联，先后在莫斯科中山大学、列宁格勒东方语言学院及列宁格勒国立大学任教。他的苏联学生中，有的成长为苏联著名的汉学家，如叶菲莫夫、杜曼、波兹涅耶娃等人。

1956年，以研究鲁迅而成名的女汉学家波兹涅耶娃获博士学位。她为此举行了一个庆祝宴会。当时曹老正在苏联访问，成为宴会上最受尊敬的客人。有的汉学家很羡慕波兹涅耶娃，因为有这么一位贵宾光临她的庆典。

1959年，曹老满怀深情地重访列宁格勒。他的学生叶菲莫夫已是列宁格勒大学的负责人之一，全国知名的汉学家，他每天陪同曹老，遍访曹老生活与工作过的地方，以表达对恩师的感谢与敬爱。

曹老的中国学生更是桃李满天下。

编　辑

曹老对编辑工作的态度，也反映着他铮铮的风骨。我有幸得到过曹老赠送的著作与译作。曹老总是亲手把书中印错的字工工整整地改过来。他不愿把有错字的书赠给别人，更不容忍书中有不应有的错误。

记得有一次，曹老提到他写的一篇散文，被责编改动了一个标点，曹老为此十分恼火。曹老并不是不尊重编辑的权力，而是不原谅不称职的编辑加工。曹老那篇文章中有这么一句话："1949 年，春进了北京城。"编辑把逗号移到"春"字之后去了，句子变成："1949 年春，进了北京城。"曹老操着浓重的河南口音，愤愤地说："怎能这么改呢！这么一改，主语到哪里去了？"曹老捶打着那本书。"我这句话中的'春'是党的代名词，是党领导人民解放了北京，是党、是毛主席进入了北京城。如今一改，变成了季节——1949 年春天，进了北京城。谁进了北京城？谁？难道是我曹某人？我进了北京城有什么意义？"又有一次，他说："我曾把这篇散文拿给茅盾同志看，他认为'春进了北京'一句写得很好，可是……"曹老实在不愿意讲下去了。

曹老的这一席谈话，对于我，一个从事编辑工作的人，是上了很好的一堂课。作为一名编辑必须正确理解原作的内容，更不能忽视字句中更深一层的含意。如果不能理解作者的思想，又妄自尊大地乱改他人手稿，就会出毛病，就有愧于编辑这一崇高的称号。

曹老阅读其他人的著作时，也十分认真，凡是错误的地方他都会标记出来。有一次我翻阅曹老读过的《论鲁迅》一书。这是一本外国人写的回忆文章集。其中有史沫特莱写的《记鲁迅》一文。我发现文章旁边有一些批语，一看字体就能认出是曹老的笔记。曹老说："史沫特莱这篇文章有些地方写错了。"我仔细地读了一篇。史沫特莱写道："他[1]曾回到中国行过医，可是正同西洋的许多医生一样，他不久便发现大部分的疾病都种根于贫穷俱来的愚蠢之中，只有富人方能获得医药治疗。于是，由于俄国古典作家影响，他便转向文学，把它作为向封建思想斗争的武器。开始照着俄国古典作品的风格，写一些短篇小说，渐渐地便把行医的事业完全放弃了。在中国文艺复兴的那段时间中，他便在北京当文学教授，那时的北京是新思想的诞生地。"曹老对这一段文字，写了两个批语："鲁迅学医，并未行医。""鲁迅从无所谓'教授'学衔。"

1　指鲁迅——笔者注

曹老的批语并非一两处，可见曹老阅读时的严谨态度和对工作的责任心。这是永远值得我们学习的。

交　友

新中国成立以后，我曾随同曹老出国访问，也在国内多次随他接待过苏联作家。

记得在列宁格勒，曹老在一次招待会上遇见了潘诺娃和凯特林斯卡娅。潘诺娃感谢中国出版了她的《克鲁日利哈》的译本，而凯特林斯卡娅则滔滔不绝地讲述她访华观感。

在莫斯科时，费定一次又一次地到曹老下榻的宾馆来看望他。他们是老友，费定总要曹老到他家去畅叙。

至于到中国来访问的苏联作家，几乎没有一个不拜访曹老的：法捷耶夫、西蒙诺夫、卡达耶夫、考涅楚克、瓦西列夫斯卡娅、波列沃依、加林、扎雷金、柯切托夫……

那是 20 世纪 50 年代中期。有一天卡达耶夫应曹老邀请，在北京大学向俄语系同学做了报告，会后，驱车回北京饭店时，路经府右街，看到一对新婚夫妇正从胡同口往院里走。他问曹老，是否可以停车去看看中国人的婚礼。曹老表示同意。曹老向新人介绍了这位不速之客，新娘请卡达耶夫吃喜糖，新郎请这位作家在纪念册上题词留念。后来，卡达耶夫还一再感谢他的老朋友为他安排了这么一场计划外的节目，使他对中国人的日常生活增加了了解。

波列沃依是 1956 年来中国出席鲁迅先生逝世二十周年纪念会的。他几次见到曹老，总是把曹老视为长辈，十分恭敬。这使和他一起来华的著名特写作家加林产生了一定要专访曹老的念头。这次访问是在曹老家中进行的，也是曹老在家中惟一的一次接待外宾。后来，加林写了很长一篇文章介绍鲁迅和曹老。那天，我也在场，为他们拍了几张照片。没有想到这些照片在"文革"期间给曹老带来意想不到的灾难。曹老受尽污辱与谩骂。他珍藏的苏联老一辈作家阿·托尔斯泰、绥拉菲摩维奇、法捷耶夫、列昂诺夫、拉夫列尼约夫、费定等人写给他的信，全给抄走了。等冤案查清时，珍贵的信件却已遗失。

曹老多次谈过这些珍藏多年而今不复存在的信件。有的信件原文曾在《世界文学》杂志上发表过，从中不难看出苏联老作家对曹老的感情。曹老也常常怀念他们。记得有一天，话题又转到绥拉菲摩维奇时，他说，日本投降以后，他收到《铁流》作者给他的来信。"这是一位无产阶级作家，充满无产阶级的感情。他来信说：'日本野兽的脊骨被折断了'。"曹老颇有感触地把这一句话反复说了几遍，同时还张着手，做了一个砍杀的动作。"他祝贺我们中国人民战胜了那呛死在血与泪中的凶残的野兽。"他说："绥拉菲莫维奇认为什么东西都不能像文学作品那样使两国人民亲密起来，无论谁，他若能使两国人民互相亲密起来，那他就是做着巨大的不朽的事业。"曹老十分珍视革命作家之间真正的无产阶级情意，我们从他后来写的散文中，时时为这种友谊所感动。他是这一友情的架桥人。

为 人

曹老为人忠厚，待人诚恳。每次看望曹老时，临别他总要亲自把客人送到门口，甚至下楼梯。如果他身体不佳，则嘱咐苏玲或彭龄代他送客。在医院养病期间也不例外。曹老的这种热情使我们晚辈们不太敢去打扰他。可是每次见面时，他头一句话总是说："见到你可不容易呀……"我为此感到不安。他到别人家做客时，又不让主人出门送他。我忘不了 1974 年 5 月 9 日。那天晚上，有人敲门。开门一看，是曹老！他穿着一身蓝色制服，满头白发，一只手中握着手杖，另一只手拿着手电筒。事情已经过了很多年，可是我每次想到那天晚上的情景，眼泪就会不由自主地涌出来。让我抄录两段当时的日记吧！

"临走时，曹老坚持不让我送他，甚至说：'你若送，我就不走了……'可是黑夜让一位年近八十的老人独自回家，实在不能令人放心。我硬是跟着他挤上公共汽车。在行驶的公共汽车上他又晃晃悠悠地抢着给我买票。每到一站，他都逼我下车。车上的售票员发现老人如此坚决，便劝我说：'您下去吧！我们来照顾他，您尽管放心。到了东华门，我会请司机把车停稳。我搀扶老人下车。'司机同志，你可晓得这位老人是谁吗？"

"5月10日。曹老昨晚独自回家，我总是惦念着。早晨往曹老家里打了个电话。曹老不在。家人告诉我：曹老吃完早饭就外出了……我心上一块石头总算落了地。他平安地回了家。但，我又不能不感叹。第二天早晨，老人又忙了起来！"

那是十年动乱的末期。曹老已经摆脱了噩梦，重整征袍，向新的高度挺进了。他不顾几十年的肺气肿，不顾早已过了古稀之年，他要争分夺秒，把被迫浪费的时间抢回来，完成鲁迅写给他的书信的注释工作。

我有一位亲戚叫宋立崧，是石油学院的学生。三番五次求我带他去见见曹老。他说："我只从书本上知道鲁迅先生，曹靖华先生……他们像是遥远的历史人物。我想见一见鲁迅先生健在的战友……"他央求说："到曹老家中，我站在一旁，不说话，不打扰老人，只要让我见一面就满足了。"我觉得他是学理工的，对文科能有什么兴趣。但还是带他去拜会了曹老。如今，这位大学生已经走上了工作岗位，在海上采油。他来信告诉我："我常常想到曹老，我要以曹老窃火的精神，从深海底层为祖国开采黑色金子，加速四化建设……"

曹老，您已不仅只是散文能手、翻译大师，您是顽强攻关的象征了。

新中国成立以后，曹老在北京有过几个住过。他风趣地说："我搬过五次家，成了吉卜赛人。"这五个寓所，我都走访过。

在西城绒线胡同，在东城北小街，在东安门北街，在朝外工体东路，在木樨地——在所有这几处寓所里，我都见过他精心培育的花草。曹老说："我爱花。"瞧，院里的紫藤、迎春花、芍药，室内的菊花、昙花、令箭、蟹爪莲……曹老爱的何止是花，他爱的是生活，是人间的美好事物。

每次当我看见在仙人掌上簇生的鲜绿色的茎片，悬垂着的玫瑰红色的张嘴欢笑的花朵时，我就想到曹老，曹老的散文，曹老的诗。他的作品有传统文学的高雅，也吸取了外国文学的异彩。曹老这位当年参与"给人间盗来天火、给奴隶偷运军火"的老人，正是长年嫁接中外文化的高手。曹老的译著，曹老的创作，曹老的风格都会和人间的花朵一样，四季吐香，交相辉映，为人间增添春色！

俄罗斯文学翻译大家
——记草婴

草婴先生已届八旬高寿，是我国当今老一辈杰出的文学翻译大家。

我感到很幸运，和他有过几次较长时间的接触，聆听他的倾诉，领会他的建议，接受他的启迪。

草婴先生身材清瘦，可是精神抖擞，走路不慌不忙，说话有板有眼，戴着一副茶色眼镜，头发梳得光光溜溜，衣着永远利利落落。

有一次，我好奇地问他："您为什么给自己起了笔名叫'草婴。'"

他微微笑了笑，说："草——是最普通的植物，遍地皆是，我想自己就是这么一个普普通通的子民。"

一个普普通通的子民，在文学领域干了一番不同寻常的大事，完成列夫·托尔斯泰十二卷集和米·肖洛霍夫三卷集的译文，实现了自己几十年来的夙愿。如今，他继续过着普普通通子民的生活，享受幸福的晚年和天伦之乐。这就是他非凡的处世哲学与生活方法。

走上译坛

草婴先生的童年是在浙江宁波度过的。1937 年，日寇大规模入侵我国，那年 14 岁的草婴随家人一起迁居上海，进中学读书，后来考入农学院，想用农业科学知识拯救贫穷的中国广大农民。

上海是一座各种势力聚集的城市，既有猖獗的帝国主义，也有抗争的无产阶级，封建的、殖民主义的文化泛滥，五四以来的先进文化思想也在这里得到广泛传播。年轻的草婴对十月革命后社会主义苏联发生的一系列事情感到新鲜。他对俄罗斯富有民主主义思想的文学尤为爱好。目睹日本帝国主义的种种罪恶行径，在他少年的心灵里产生了学习俄国人民那样争取解放和爱国与抗敌的朦胧思想。

草婴决心学习俄语。他要从俄文报刊上了解更多的真理。他看到俄侨教授俄文的广告，就找上门去。俄侨教师收费很高，每小时 1 个银元。草婴感到为难。那时他家里每月只给他 5 元零花钱。经过一番思想斗争，求知欲占了上风，他决定每周上课一次，一个小时，拿出 4 元来做学费。我们从中不难看出这位少年当时决心之大和毅力之强。

那时学习俄文条件很差，我国甚至连一本俄汉字典也没有。草婴却能顽强刻苦地学习俄语。1941 年德国法西斯入侵苏联，苏联人民万众一心展开了伟大的卫国战争，苏联塔斯社上海分社创办一种汉文《时代周刊》杂志。周刊的实际负责人是我党在上海的地下党领导人之一姜椿芳。

姜椿芳精通俄文，是位优秀的翻译大师。他通过新文字研究会知道中学生草婴在努力学习俄文，便主动帮助他解决一些学习上的困难。《时代周刊》创刊（1941年8月20日），他就让草婴为《时代周刊》翻译一些新闻报道。草婴抱着试试看的心理答应下来。他的初译得到了姜椿芳的指点。草婴先是利用课余时间，后来就全身心地投入到翻译工作。1942年该社又创办《苏联文艺》杂志，草婴便开始为该杂志翻译苏联文学作品。

1945年5月，草婴正式到塔斯社上海分社上班，从此开始了他终生不悔的翻译生涯。

新中国成立时，草婴已是具有一定成就的翻译家了。50年代上海成立华东作家协会，他是该协会最早的一位专业会员。从此，他的译文不断出现在报刊上。

1955年，草婴译的苏联女作家尼古拉耶娃的长篇小说《拖拉机站站长和总农艺师》在《世界文学》上发表，接着《中国青年》杂志予以转载。当时团中央号召全国青年向女主人公娜斯嘉学习。那是一部反对官僚主义的小说。但过了不久，我国反右斗争开始，小说被视为毒草。1955至1959年间，《世界文学》杂志又刊载草婴译的肖洛霍夫的《被开垦的处女地》第二部，该作后来出单行本时改名《新垦地》。1957年《世界文学》杂志上还发表了他译的肖洛霍夫的短篇小说《一个人的遭遇》的译文。这篇译作给他带来了更大的灾难。

黑色十年

和草婴先生的接触中，我发现他很少提及黑色十年浩劫的"文革"岁月，可能当时他的处境太悲惨了。

那个时期，苏联的文学作品几乎都被扣上了修正主义帽子，连高尔基的某些作品也受到了怀疑，更不用说肖洛霍夫了。草婴是翻译苏联文学作品的主要人物之一，又以很大精力翻译过肖洛霍夫的著作，岂能逍遥自在？

江青把肖洛霍夫定为"苏联修正主义文艺鼻祖"时，草婴的厄运便跟踪而至。他被定为这个鼻祖在中国的"吹鼓手""代理人"。他被隔离审查，成为重点批判对象。他的全家为此遭了殃，他们被赶到农村去接受再教育，甚至是劳动改造。

草婴精神上受到巨大的摧残，肉体上又两次面临死亡。

草婴的体质自幼不佳，他在学生时代患过肺结核，曾不得不辍学养病。所幸草婴的父亲是位医生，为他制订了严格的治疗方案。更主要的是草婴本人刚强的意志使自己几度战胜病魔。

1969 年，他在农田超负荷劳动，加上营养不良，终于引起胃大出血。吐血，便血，五天五夜滴水不进。于是动手术，胃被割去四分之三。这是生死关头的又一次。但他奇迹般地康复了。

另一次是六年后的 1975 年。那时他已从五七干校回到上海，在出版社接受批判和劳动改造。有一天，他参加搬运水泥包。体重一百斤的他，去扛一百斤的水泥包，他那羸弱干瘦的身体怎能承担得了？结果被水泥包压倒在地，他甚至听到自己身上咔吧响了一声。经医生检查，是第 12 节胸椎压缩性骨折一公分多。医生警告说：只能躺在木板上，一动不动，让胸椎自己恢复，如不听忠告，轻则下肢瘫痪，重则生命难保。那时，能够照顾他、体贴他、安慰他的只有相濡以沫的妻子盛天民。他在木板上老老实实地躺了差不多一年。那一年他的夫人给予他的是永远说不尽的深情和挚爱。

草婴没有被病魔压垮。他活过来了。

黑色的十年过去了，他的名誉得到了恢复。1977 年重新恢复工作时，有关领导安排他担任出版社总编辑职务。草婴谢绝了。他认为人各有志，他已选定自己终身的目标，便不再随意改变方向。他暗下决心，把自己的全部余生放在翻译托尔斯泰和肖洛霍夫的著作的浩大工程上。

黄山夜谈

那是 1983 年 6 月 22 日。我们四个人：草婴、文学翻译家力冈、浙江文艺出版社编辑刘微亮和我冒着纷纷小雨从黄山脚下开始登山。山很陡，路很滑，翻过黄山第三高峰光明顶之后，到达了玉屏楼。我们那次攀山用了四个多小时。那天晚上我们下榻于玉屏楼宾馆。夜色已黑，宾馆人声嘈杂，我们都是初访这座天下闻名的黄山，大家很兴奋，一时无法入睡，便在昏暗的灯光下神聊起来。从黄山的雄伟到译文的俊美，从游人的熙熙攘攘到译者的甘于寂寞的工作，海阔天空无所不谈。很多事情都忘记了，而草婴先生那晚关于自己从事翻译的几个过程却深深印在我的脑海里。

草婴吝于开口，但，一旦谈到他常日思考的事，话就有些止不住。他说：他翻译一部作品要经过很多个步骤："第一步是反反复复阅读原作，首先要把原作读懂，这是关键的关键。"他说："托翁写作《战争与和平》时，前后用了六年的时间，修改了七遍。译者怎么也得读上十遍二十遍吧？""读懂了，作品中的人物形象在自己的头脑里清晰了，译时才能得心应手。"我在静静地听。他接着说："第二步是动笔翻译，也就是逐字逐句地忠实地把原著译成汉文。翻译家不是机器，文学翻译要有感情色彩……""您平时用字典吗？"我问道。他说离不开字典，离不开各种工具书和参考书。"他有所思忖，然后一字一句地说："你试想，《战争与和平》有那么多纷纭的历史事件，表现了那么广阔的社会生活，牵涉到那么多的形形色色的人物。作为译者就必须跟随作者了解天文地理的广泛知识，特别是俄国的哲学、宗教、政治、经济、军事、风俗人情、生活习惯等。我们哪能有那么多的知识？"草婴缓了一口气，"下一步是仔细核对译文。检查一下有没有漏译，有没有误解的地方。仔仔细细一句一句地核对。再下一步就是摆脱原作，单纯从译文角度来审阅译稿。"他说他尽量努力做到译文流畅易读。说到这里他狡黠地笑了笑："有时还请演员朋友帮助朗诵译稿，改动拗口的句子。再下一步就是把完成的译稿交给出版社编辑审读了。负责的编辑能提出宝贵的意见。然后我再根据编辑的意见认真考虑，做必要的修改。"草婴沉思了一刻，最后说："在校样出来后，我坚持自己至少通读一遍。这是我经手的最后一关。再以后得听读者的意见了。"

那天晚上，我躺在床上，对他的话又想了很久。想到一位真正的翻译家，为了出色地完成自己的天职，需要付出多大的努力呀！

我曾问过他，为什么不把这些经验写成文章？他腼腆地笑了笑，没有回答。我也不便再深究。

那几天，黄山给我留下极深的印象。那几天，与草婴先生的同游，也让我牢牢记在心中。

苏联之行

草婴先生两次访问苏联，其中一次我也去了。

第一次在 1985 年。那时苏联正值戈尔巴乔夫当政时代。他在苏联游览了不少地方：俄罗斯、白俄罗斯、乌克兰、亚美尼亚、莫斯科、列宁格勒、基辅、明斯克、埃里温。他目睹了他早在俄苏文学作品中所熟悉的地方与事件。但给他留下印象最深的是遍布各地的长明火。在苏联，凡是经历过战火浩劫的城市都有烈士陵园、卫国战争纪念馆、纪念群雕、纪念碑，而在那些地方也总有悠悠燃烧的长明火。长明火就是在一座雕塑物上留出一个孔，利用天然气，点上火。火焰日夜熊熊燃烧，常年不熄，象征烈士永生不死的精神。

那次访苏最大的收获是参观了列夫·托尔斯泰的庄园亚斯纳亚波利亚纳，亲眼看到伟大文豪的生平、创作与生活环境，增加了他对伟人的感性知识。他不无感慨地说："托尔斯泰的庄园很大，占地380公顷，合5700亩土地。以这样的财富来供人享受是一辈子也用不尽的。但是一个贵族少爷，却放弃了生活享乐而投身于文学的道路，去关怀下层人民的苦难，探索生活的真理，是难能可贵的。我深深感到要发扬托翁这种伟大的精神也就是人道主义精神。"他也许心中感受到托翁点燃起这股精神的长明火。

第二次是在1987年。

那一年的6月，应苏联作家协会之邀，草婴先生率领3名翻译工作者黄伟经、白嗣宏和我，前往莫斯科出席第七届苏联文学翻译国际会议。出席那次会议的大约有60个国家的代表。

几次大会都是在苏联作家协会礼堂举行的。草婴先生在会上做了报告，谈了自己从事翻译工作的经历，着重谈到他如何翻译托尔斯泰与肖洛霍夫的巨著。他的话朴实无华，有根有据，实实在在，颇受各国翻译家的欢迎。

他说，他是从 20 世纪 60 年代初开始翻译托尔斯泰的作品。他计划翻译托翁 12 卷作品，包括长篇小说《战争与和平》《安娜·卡列尼娜》《复活》等。他说他为托尔斯泰的人道主义思想所感动，为托尔斯泰作品的艺术魅力所感染。他认为人类发展到今天，除了物质上高度发展外，更需要推广人道主义思想，需要和谐，需要心灵的美。

他说他翻译的另一个重点是肖洛霍夫。肖洛霍夫是苏联作家中继承托尔斯泰的传统，发扬他的人道主义精神的佼佼者。在同时代的苏联作家中，肖洛霍夫有胆有识，敢于在作品中反映生活的真实，较少受教条主义的影响。他翻译了肖洛霍夫的《顿河故事》《新垦地》第一部和第二部、《他们为祖国而战》（章节）、《一个人的遭遇》（小说和电影文学本）等。

那一天，草婴先生把自己翻译出版的俄苏文学作品呈现给大会主席团，几十部译作令人赞叹不已。外国同行们用热烈的掌声表示了祝贺。7 月 3 日闭幕式上，苏联作家协会授予草婴先生"高尔基文学奖"，并颁发了奖状和奖金。

我一直纳闷，草婴访苏时为何未去维辛斯卡镇访问肖洛霍夫的故居。他简简单单地说："没有机会。"草婴就是这么一位本本分分的人。集体活动时他从不提出个人要求。没有机会时他绝不硬性要求。如果他能前往肖洛霍夫的故乡，能亲眼看一看顿河弯哥萨克的生活与劳动，对他翻译肖洛霍夫的作品该有多大益处啊！是译者之幸，也是译界之幸！

艺无止境

我们在列宁格勒一同访问时，正是白夜时节，玉带般的涅瓦河，习习的夏风，金煌煌的教堂屋顶和各种塔尖，众多的雕像和喷泉，郁郁葱葱的树木，优美别致的铁艺栏杆，还有那彻夜不眠的青年男女在马路上的身影和不消逝的歌声，在不明不暗的夜色中，显得格外迷人与神秘。

那几天，我和草婴先生在一起，面对着美的世界，话题常常扯到文学翻译的艺术美上，艺术的追求上。

我想到《被开垦的处女地》作为书名已在我国流传几十年，可是草婴将这部长篇小说重译之后，毅然把书名改为《新垦地》。他不仅要改变已习惯了的语法，而且在汉文词组上也做了突破。"新垦地"从理解的意义上来讲，比"处女地"更为汉化。这是草婴在翻译上的一种艺术上的追求。

我也想到他译的《一个人的遭遇》，他不仅严谨地遵守了原文，而且用优美的汉文作了表达。每句话都可有不同的译法，但我觉得草婴的译文实在高明。

我虽然也从事文学翻译，但没有章法，没有固定的标准，没有一致的要求，翻译每一篇作品时，可能有不同的意向与兴趣，特别是译诗。我将自己的想法告诉了草婴先生。他总是笑眯眯地听我陈述，透过茶色的镜片，用深邃的目光注视我，然后讲起自己的体会与感受。

他说从事文学翻译就是为原作者和译文读者搭架一座桥。搭桥要对双方负责任。"文学创作是一种艺术工作。作家在创作一个人物形象时，他要费尽心血。文学翻译也是一种艺术工作，也要费尽心血，他的工作还必须忠于原作，因此是一种艺术再创作。再创作之苦是一般人所难以理解的。"他想了一下，说："我认为一部好的文学翻译作品应该是译文读者的感受相当于原文读者读后的感受。"他停下来，看我的反应，然后接着说道："当然，要达到这个要求极不容易。翻译家确实要花大功夫，下大力气，使译文读者也能尽量欣赏到原作的艺术魅力。"最后，他斩钉截铁地说："翻译的艺术追求是没有止境的。"他的话像是没有说完，但让我遐思无穷。

女儿姗姗

草婴的女儿盛姗姗，是位画家，玻璃雕塑家。她的成长受过父母的影响，但在这变幻无穷的时代光折下，有过变化。

姗姗曾在上海戏剧学院美术系进修班学习过。我初次见到她时，她正在上海《萌芽》杂志编辑部任美编。那时，我有机会在她家中欣赏了她的单幅水墨画和插图作品。我感受到她作品中

098

的美。我把自己的想法讲了出来。没有想到她却说，她正在追求另外一种美，使我为之一愣。

1982年，姗姗告别父母，离开了上海，去了美国。1983年在美国麻省蒙赫利·约克学院获杰出艺术证书，1986年获美国麻省大学艺术硕士学位。从1984年开始她在美国、荷兰、比利时、日本、印度、新加坡等地举行过几十次个展和群展。

姗姗的油画越画越大，已经到了一般楼房容纳不下的地步。在上海香格里拉波特曼酒店、上海国际会议中心底层大厅、上海金茂大厦天庭，都有她的作品，面积最大的超过一百平米。

我很欣赏作家王小鹰对姗姗的评价，说她的画是"从传统走向现代，从具象走向抽象，从轻巧走向豪放，从典雅走向炽烈"。又说："姗姗已经形成了自己画作的风格——注重意念表现和情感宣泄的抽象表现主义风格。"

二十几年过去了，2001年5月19日，我在中央电视台第一频道"美术星空"节目里看到了姗姗。她已经不是个亭亭玉立的少女，而是身体矫健、动作潇洒、大胆豪放的女性。那天的节目，介绍她如何与意大利玻璃艺术工匠们共同制造玻璃艺术品。她挽着袖子，扎着头发，在炉前火光中指挥工匠翻转熔烧的玻璃艺术品，活像一名统帅在指挥千军万马。这些艺术品曾在上海和国外展出，反响很好。

姗姗还在探索，还在追求，说明她的艺术还在成长。我觉得她继承了父母在事业方面顽强不息的精神基因，又比父母多了些内容。草婴先生没有用自己的艺术观点去影响女儿的艺术事业，任其发展，这也许促进了姗姗个人特长的发挥。毕竟是一代新人了。

肺腑之言

草婴先生做了一辈子文学翻译工作。他担任过上海译协会长、上海作协副主席，现任全国译协副会长，还是华东师大和厦门大学的兼职教授。他参加过《辞海》等大型辞书的编辑修订工作。他受过阳光雨露的滋润，也遭过暴风骤雨的袭击；他得到过宠爱，也经历过打击。但他从来没有骄傲，更没有气馁，他坚持了自己的生活与工作的道路。面对现实，回首往事，无论是做人还是从文，他都积累了丰富的经验，产生过无限的感慨。每当我们谈及这方面的问题时，他总是平和地说："我生平只追求一点，那就是：老老实实做人，认认真真做事。"

草婴先生是专业翻译家，生活只靠文学翻译的收入，这样的人在我国人数极少。生活中经常遇到各种困难，业务上同样困难重重。他常谦虚地说：他的俄文水平不够，中文水平也不够，翻译时不能运用自如。这是一种困难。他还常说他知识面不广，文学素养不足，同样造成翻译工作上的困难。他说自己只能凭中国的一句俗话"勤能补拙"坚持艰苦的文学翻译工作。只要多花工夫，不怕麻烦，总能克服各种困难。另外一点，是更为重要的

"凭良知"。

他在写给我的一封信中曾专门谈到过知识分子的良知问题。他说：良知是什么？是心，是脑，是眼，是脊梁骨，是胆。"心就是良心。做人做事都要凭良心。要是没有良心，什么卑鄙无耻的事都可以做"。"脑就是头脑。不论什么事，什么问题，都要用自己的头脑思考、分析、判断，也就是遇事都要独立思考，不能人云亦云"。"第三，是眼睛。经常要用自己的眼睛去观察社会，观察人民的生活，不能只听媒体的介绍，也就是要随时分清是非，尤其是大是大非"。"第四是脊梁骨。人活在世上总要挺直脊梁，不能见到权贵，受到压迫，就弯腰曲背，遇到大风就随风摇摆"。"第五是胆，也就是勇气，人如没有胆量，往往什么话也不敢说，什么事也不敢做。当然，我并不是提倡蛮勇，但我认为人活在世上一定的胆量还是需要的，如果胆小如鼠，也就一事无成"。

他告诉我，他的这些想法，并非一时的随感，而是长期思索的结果。他在信中说：1996 年 9 月 30 日，联合国规定的"翻译节"，那一天中央电视台的"东方之子"节目采访了他。"我谈的知识分子良知五点都播出了。事后也得到一些朋友的肯定。"

草婴先生正是在六十年的文学翻译生涯中经过风风雨雨，积累这些宝贵的精神财富，所以他才能在人品和文品上达到如此境界。他是这样说的，也是这样做的！

我似乎更深地听到了这位老翻译家的心声！

　　如今草婴先生虽已到耄耋之年，但身体尚好，仍笔耕不辍。他不仅受到我国广大文学爱好者的爱戴，也深受俄罗斯人民的尊敬。草婴80华诞时，俄罗斯联邦特命驻俄大使罗高寿特致信向草婴祝寿："您在我国深受尊敬，因为通过您的才华和勤劳，中国读者能认识托尔斯泰、肖洛霍夫的许多作品……"俄罗斯联邦驻沪总领事柯安富也向草婴致祝贺信，并隆重地为他举行了80大寿生日酒会。

大　树

——记钱锺书与杨绛

　　钱锺书与杨绛是祖国大地上两棵根连叶茂的大树。

　　钱杨家中藏书少得惊人，可是学识渊博得能与之匹敌者寥寥。他们精通数种西语，治学态度严谨，学界无人不敬仰。他们为人谦虚厚道、坦诚热情、身体力行，实属师表，钦佩者何止千万。

　　钱杨驰名遐迩，淡泊明志，从不抛头露面。不管什么单位什么人前去采访，他们都婉言谢绝。难怪一位慕名远道而来求见的英国女士也吃了闭门羹："假若你吃了鸡蛋觉得不错，何必认识那个下蛋的母鸡呢？"钱先生的话不发则已，一发必定惊人，一针见血，但绝无傲气，又给对方留下后退的台阶。杨先生听老伴儿讲话，端庄娟秀的脸上总是带着欣赏与赞美的微笑。她本人讲起话来，轻声细语，但柔中有刚，饱含着无尽的幽默与风趣。

　　有人几次要为钱杨二老祝寿，他们都没有接受。杨先生说："锺书常说：'老去增年是减年'"，她转述得很真挚，又说："有人准备为锺书的父亲开纪念会，锺书写信给朋友劝阻：'何苦来呢！找些不三不四的闲人，说些不痛不痒的话，花些不明不白的冤钱。'"钱杨思想相同、语言相近、志趣相投，彼此绝对信赖，在任何情况下都相互支持与赞同。"文革"期间，造反派批斗杨绛给钱锺书通风报信。这位看起来弱不禁风的女性用坚定的语气说，她是通风报信了，因为她能担保"钱锺书的事我都知道"，而且敢于为他的行动负责。她的声音不高，每句话却掷地如金石，震撼人心。这样崇高的表现，远非每一对夫妇能够做到。

看到钱杨二位在一起的样子，我常常想把他们画出来，但又有些胆怯，怕惹得二老不高兴，丑化了他们的神采。在河南五七干校时，我时常看到他们晚饭后并肩在农村小路上散步。有一天，按捺不住自己的激动，我便画了一幅他们的背影。不知是谁把那幅画拿给了他们。后来得知二老不但没有生气，还称赞了几句。我听后心中美滋滋的，好不得意。

我知道，我的画表达不出他们之间相敬相爱的深情。钱杨是学术领域的同道和知音。杨先生写散文出集子，钱先生为她题书签，作引言。钱先生再版《围城》，杨先生写了数篇记述他写作那部小说时的历史背景与经过。她说："我既不称赞，也不批评，只据事纪实。"钱先生读后表示，杨先生所写——"没有失真"。她的《记钱锺书与〈围城〉》一文，是研究钱先生创作的最有价值的文献。

杨先生不仅是钱先生的生活伴侣，还是他的理发员，钱先生为此感到欣悦。杨先生则请钱先生给她当书法教员，他不推辞。杨先生每天写大字，请钱先生为她判分。钱先生认认真真地审阅，或判圈儿或打杠子。杨先生嫌钱先生画的圈儿不圆，便找到一支笔管，让他蘸印泥在笔划写得好的地方打上标记。杨先生想多争几个红圈儿。钱先生了解杨先生的心理，故意调侃她，找更多的运笔差些的地方打上杠子。二位老人已进入耄耋之年，可是童心不泯，感情纯真如初。

钱杨相识于1932年。那时他们都是清华大学的学子。1935年结婚后，同船去英国，1938年又同船回国。在漫长的生活道路上，不管命运如何坎坷，经受何等荣辱，他们始终保持着中国知识分子的尊严。他们严格律己，热诚待人。

我亲身感受过钱杨的关怀。我写过一篇小文章，有人把它交给了钱老。老人不嫌文拙，亲自在潦草的手稿上做了诸多修改，使我汗颜又使我感激。我谈过艺术创作上的看法，杨先生对某些观点不吝赐教纠正。他们对青年的爱护与鼓励，对新兴网络技术的关注与支持，都可以写成成本的书。我还见到杨先生如何扶持一名生活中屡遇坎坷的女青年。那名女青年为了摆脱家庭的依靠，自力更生，自谋出路，开办了一个小书店。杨先生得知此事后，把自己的书签上名字，把钱老的书盖上印章，让那位女青年去出售。她还戏谑地说："我的书只能当废纸卖……"用这种伟大女性的巧妙的办法帮助那名女青年，使受益者感动得热泪盈眶。她望着一本本签了杨先生名字和盖了钱先生印章的书，紧紧地抱在怀里不忍脱手。

钱杨是我国文苑里的两棵参天大树，无论烈日当空还是暴雨倾盆，他们给予人类的是荫凉，是安宁，是清新的空气，是馥郁的绿色。

祝愿钱杨二位老人长青永绿，温暖人间。

杰出的东方学者

——记季羡林

很久没有见到季羡林老先生了。从报刊上不时读到有关季老活动的报道，知道老人精力仍然充沛，笔耕不止，令人欣慰钦敬。

季老是翻译家，精通梵文、德文、英文，是我国当代研究梵文最早最杰出的权威。我还记得当年中国青年艺术剧院上演季老翻译的印度古代大诗人迦梨陀娑的诗剧《沙恭达罗》的热烈场面。坐在剧场里聆听散发着印度古典民族艺术芬芳的台词，观众如痴如醉，神驰遐想。季老还完成了翻译《罗摩衍那》的浩大工程，全书共 280 多万字。这部印度史诗在我国古籍中早有记载，到了 20 世纪 80 年代才得以完整地与我国读者见面，这是我国文学翻译史上的一件大事，是季老的辛勤硕果。但他在一次座谈会上说："我作为译者，既很激动，又很惭愧。惭愧，是因为我自己虽然费了很大的力量，但是对译文的质量，并不满意。就连译文文体，我都不满意。"他只希望这部《罗摩衍那》汉译本能对增强两国人民的互相了解增添一砖一瓦，"如果中印人民都认为，这一部译作也能算得上是中印古老友谊之树的一朵花，不管这朵花是多么渺小，色彩多么不鲜艳，我也就满足了。"季老就是这么谦虚的一位老人。

季老是散文作家。近几年老人发表了不少散文作品，不论是回忆往事还是记述老友，篇篇洋溢着至深的真情，脍炙人口，感人肺腑。

季老是学识渊博的东方学者。年逾80高龄后，毅然主持重新整理五千年来的中华文化典籍，字数近三亿，实为20世纪空前的壮举。老人决心使我国历史悠久的文明以更好的状态面对21世纪。季老在文化史上不是添砖加瓦，而是在修建长城，但他自己不以为然，自称是个"杂家"，工作"成绩不大"。

1958年，我作为译员曾随中国作家代表团去塔什干参加亚非作家会议。那时季老还不满50岁，是代表团成员之一。闲暇时我常到他那里聆听他与赵树理等人聊天，有时我把自己画的作家速写像拿给他看，听取他的意见。三十多年过去了，有一天他突然提及当时我画像的事，他记忆之好，令人惊讶，对晚辈的关怀，令人感动。我从季老写给我的一封信中知道了他对绘画的热爱。他写道："我生平有两个羡慕的对象：一是画家，一是音乐家，特别是画家。但是我偏偏一点绘画的才能也没有。小学中学在课堂上给老师画像，我同桌的同学画得像，我无论如何也画不像。这是我生平受到的最大的'打击'。"季老的语言是那么风趣，那么随意，那么朴实，和他的生活与作风一样。

前几年，我到北京大学临湖轩出席季老主持的一个会议。散会后，季老骑上自行车就走。我替老人捏了一把汗。季老对我笑了笑："家里人不让我骑车了……"可是他还是骑。季先生就是这么一位可敬可爱的老人。那一年，季老已年近八旬。

我爱听季老讲话、发言，爱读他的译文、散文，挥洒自如，寓意深邃，简洁明快。我不是北京大学的学子，没有听过季老讲课，然而，我总是暗暗地以季老为师，但愿今生今世能从这位老人的身上学到一点知识、一种作风。

老画家董寿平

　　坐在电视机前收看新闻联播，有些镜头的背景常常出现一幅巨大的常青松图。这是老画家董寿平先生之作。董老擅长画松、竹、梅与黄山。他的画给人以庄严的感觉。我之所以知道墨松出自董老之手，因为我曾经是他的邻居，见过他挥毫作画的情景，对他的笔墨比较熟了。

　　几十年前，当我只见到董老的作品而未谋其面时，总以为这位画家是位老学究，身穿长袍大褂，满口之乎者也。没有想到老人完全是另外一种样子，颇有绅士派头。灰白的头发，灰白的胡子，带着一副银丝腿眼镜。他原是北平大学的学生，赶上过五四运动，对新的学科很向往，还讲得一口英语。

　　"文革"期间董老被剥夺一切权利，最后转给街委会接受管制，每天打扫马路，搬运石灰。猛烈的冲击之后，情况稍稍平静下来，批黑画的闹剧又开场，诬蔑他画的是黑山黑水，是给祖国大好河山抹黑。恐怖的日子终于过去了。董老渐渐恢复了常人的生活。

　　有一天，我去看望董老，他心中的余悸还未消散。在交谈过程中，我深深感觉到董老想作画，但不时被一种无形的黑手所阻止。我们熟悉起来，谈话也就自然多了。

"还不想画？"

老人摇了摇头。"画什么？"声音不高，眼睛像个问号。

"想画什么就画什么……"我脱口而出。

不等董老作答，我把一张绵纸铺在他眼前。董老望着我，没有离开座位。他还在犹豫。画还是不画？我趁机又加了一句："画吧！"我建议他画竹子。在墨盘里，我倒上了墨汁。

他走到画案前。用水涸开了久已未用的毛笔。然后慢慢地探了探墨。他在思考。吸了一口气，他先是画了一根，又一根。我建议用淡墨再画几根。他认为不会好看，说这是西洋画法。我总希望他画一种未曾画过的竹子。最后他妥协了。我知道，这不是他的构图。

当他完成以后，觉得还满意，便问我："要题上款吗？"我说："当然。"我考虑了一下说："题上我的笔名吧！"

落下款时，董老说："画的主意是你出的，用你的名字署名吧……"

我说："不，那怎么能行！当然落您的名字。"董老不肯。是余悸，还是别的什么原因？最后他写了"老叟"。这大概是"文革"后，他画的第一张国画。

以后，我多次目睹董老画竹。我忘不了董老画竹子时讲过的一些话。他说："画竹子要亲身化作竹子，要感受到竹子的成长过程：破土而出，向上茁长，迎风挺立，杆直叶韧。""画竹子要画出竹子的气节，不能仅仅追求形似。"他还说过："竹子是写出来的，不是画出来的。写出来有书法根基，耐看。"的确，当你欣赏董老画的竹子时，你会看到每一笔都是书法的变形。

拨乱反正的岁月里，董老心情好多了，开始画红梅。在与董老接触的过程中，我渐渐理解了他之所以画梅花的原因。一方面是由于挨批以后，不愿再招来意想不到的麻烦，便尽量画些无可责备的喜庆之物。满纸红梅，从小幅到大幅。后来可能觉得噩梦不会再重现，便又从茂盛的红梅转画单枝的墨梅，因为这种画法更能发挥他的笔墨才气和个性。

梅花傲雪迎春，竹子高风亮节，松树刚劲常青——是董老喜欢的画题，也是他晚年的生活追求。

有一次，董老谈到国画的技巧问题，他说："笔墨在国画中最为重要。一幅画的成功与否取决于画家笔墨运用的好坏。笔墨不仅仅是描绘客观事物的一种工具，而且也要融合物理、物情、物志、物趣。因此，以意使笔，心手相应，因其契机，适应变化，近似天籁。"由笔墨进而谈到气质，他说："人对客观事物以及自然界的感受是瞬息万变的。在运用笔墨时，它是随着人的情感变化而变化的。画家表现自己完美的艺术境界，不仅使人们领略到画家笔墨功力修养的深浅高下，而且也要能见到画家的气质和情感。"

董老生于 20 世纪初（1904 年），在人生的道路上已经走过了将近一个世纪，经历了多少风霜雨雪。有一天董老让我和另一位朋友拉开宣纸，使纸离开桌面腾空，老人左手悬腕书写了一张条幅，我还是第一次看到如此写法，可谓一绝。我作为墨宝珍藏起来了。我还珍藏着董老两幅稀有的作品：《荷花》与《葡萄》，这是他戏趣之作，不肯落款，但这两幅作品对于我、对于研究董老艺术的人来说，都有重要的价值。

摄魂能手丁聪

最近我国文艺界流传着一本叫作《我画你写》的书，是丁聪为文化界人士画的一本漫画肖像集，共 81 人。其实，论读者已不限于文化界了。我亲眼看到我们邮局的服务员们怎样兴高采烈地阅读这本画集，一边窃窃私语，一边忍不住嬉笑。我也收到过外地朋友们来信让我代购此书，因为当地买不到。有人认为《我画你写》是 1996 年最佳图书，应当获奖。有人要求快出续集，等等，等等。丁聪本人对这个漫画肖像集态度漠然。从构思、选材到编辑出版、发行，他一概不闻不问。当该书在社会上产生了巨大的反响，很多人打电话向他表示祝贺时，他还莫名其妙，不知所云。一问夫人，才恍然大悟。

现在，我国读书界大概没人不知道丁聪或小丁的了。关于他生活创作的事，各种报刊介绍得相当多也相当细，甚至有人向他打听保持青春、不生白发的秘方良药。丁聪说："报刊炒得太热了，我快被炒煳了。"

关于丁聪的轶事，毋庸我赘述。但对编辑这本集子的"宗文"，不能不说几句。

"宗文"即丁聪夫人——沈峻。她把自己隐没在笔名里，真是大不应该。因为除了她以外，任何人也编不成如此一本图文并茂的叫座的书。

她与丁聪相濡以沫 40 年。自从她把自己的命运和丁聪结合在一起，饱尝了生活的辛酸。到了老年才尝到了一点乐趣，才有雅兴来编这本画集，给友人们带来莫大的喜悦。

她是位资深的老编辑，长期从事对外宣传工作，积累了丰富的编辑经验。正因为如此，她才能把这本画集编得有声有色，有滋有味，有胆识、有才气、有真情，别具一格。我孤陋寡闻，但这样的集子中国历史上大概不曾有过，世界历史上恐怕也独一无二。她在编书领域开辟了一条为广大读者喜闻乐见的路子。

画家作画，像主自述，友人评论。无论是画还是文都洋溢着幽默感和生活哲理。越看越想看，越品越有味。我认为这本画集的核心是友情。宗文的"编者的话"写得极其精彩，她最后竟情不自禁地高呼"友情万岁！"

"文革"后，新时期，平反后的丁聪复又出现在报刊上。《读书》杂志创刊，丁聪被聘为编委兼美编。当时印刷条件远不如今天。刊物上的相片往往印得模糊不清，甚至分不清是男是女，是老是少，是中是外。丁聪锐意改变这种局面，便以单线的画像代替照片，效果甚佳。丁聪越画越多，其他刊物也向他组稿。丁聪一向是有求必应，来者不拒。他说："我以超常的干劲不停地画，不要命地画，不为别的，只为抢回失去的时间。"从这几句发自肺腑的话中，不难听出画家手中的笔一旦被剥夺，该是何等残忍的事。作画是他的生命。20世纪80年代丁聪形成了漫画人物肖像的新风格，数量之多，大大超过前期。

丁聪明知画肖像费力不讨好，但为了工作，为了刊物的质量，他始终默默地画着。很多肖像是根据照片画的。有的照片很小，看不清，有的照片拍下来的并非该人的常态。他说画风景，画动物，无人过问像或不像。而画人像则不同，他本人有意见，别人也要挑剔指责。"细心的读者也许会发现，《读书》前期有些画像并未署名丁聪。道理很简单，丁聪不认识此人，不了解他的性格，自己没有把握说像还是不像，后来，情况就不同了。编辑硬是带着画像找上门来，请丁聪非签上自己的姓名不可，说："这是像主的恳切要求。"

有的漫画肖像是写生画的。如《方成》。几年以后，方成再见到这幅画像时，说："早年给我画像，现在没这么胖，画像难在传神，老兄手艺真棒。"

顺便提一件事。1985年，中国漫画家代表团应邀访问日本。日本国首相中曾根不仅热情地接见了以华君武为团长的代表团，而且要求中国某位漫画家当场给他画一幅漫画肖像。我方推举了丁聪。日方讽刺漫画名家小岛功陪画。二位漫画家当场完成了首相的漫画像。各有特色，中曾根大喜。第二天《朝日新闻》以显著的版面刊出中曾根手捧漫画像的照片与文字介绍。丁聪在国际漫坛为中国争得光荣。

　　我曾请教丁聪，除利用照片与写生之外，是否凭记忆力画过？他说画过，但极少，作为例子他指出《聂绀弩像》与《盛家伦像》。这样的漫画肖像往往是最熟悉的朋友，不仅了解对方的相貌与体态特征，而且也深知他的爱好与性格。

　　丁聪的漫画肖像给读者也给像主带来很多乐趣。《我画你写》一书面世以后，各地报刊纷纷转载，足见其受读者欢迎的程度。像主们也叫好。

　　吴祖光说："可看可读。"

　　黄宗英说："越看越开心。"

　　萧乾说：此书"百看不厌，味道无穷"。

　　吴冠中说："嬉笑怒骂，皆成图画。"

　　王蒙说："一笑解千愁。"

　　……

　　谈到具体形象时，更可以感受到这些文化人从不同的角度对肖像的赞誉。

　　冯骥才说："比我还像我。"

　　蒋子龙说："画出了我的忠厚、坦诚和沧桑感。"

　　韩羽说："丁老垂青，至感荣幸，我这长相，居然也能入画，大奇！"

　　冯亦代说："栩栩如生，实在现世。"

　　丁聪与夫人早已淡泊人生，对誉对毁视如过眼云烟。不过，当他们听到这些情真意切的话时，也难免动心。我没有想到谈到这时，丁聪吐露了积蓄在心中的一些话："我这个人很笨，但作画时很认真，不论画赫赫有名的人还是一般凡人，都要查找一些材料，反复研究，最后才落笔。"又说："我是画漫画的，我画的人像都有一点儿漫画的夸张，有人欣赏，有人不满。"他回忆几年前，有位女同志要求编辑部发表她的文章时，说"不能让丁聪给我画像"。更有甚者，另一位女作家声称："我们女作家要联合起来批斗丁聪，他把我们丑化了。"当然这句话里有戏谑成分。但，有些人对丁聪的漫画肖像有不同的看法，却是事实。

不过，事物正在发生变化。《我画你写》一书出版后，听说有的女同胞欣然希望在该画册续集中能增加她们的肖像。她们对丁聪的漫画肖像显然有了新的领悟。

丁聪创作人物肖像，有踏实的基本功，有敏锐的观察力，有高度的艺术感。他的漫画肖像揭示了像主的个性，笔法高度简洁，没有多余的线条，却给读者留有无穷的幻想余地，难怪萧乾赞丁聪为"摄魂能手"。

爱听酒后之言

——记张守义

张守义是我国杰出的书籍装帧艺术家，他的创作高雅、朴素、简练。1995 年北京市举行首届书籍装帧展览，授予他荣誉奖。他是第一批获此奖中的一位，其他四人是丁聪、曹辛之、丘陵和张慈中。

张守义太瘦了，我总担心他会被大风吹倒。却不然，他在暴风骤雨中潇洒自如，岿然如松。

张守义有胃病，生活离不开啤酒，以酒代饭。我总怕他饮酒过度。却不然，他天天喝酒，甚至顿顿喝酒，参加各种会议也随身带着啤酒，从不醉倒，总是眼明耳聪，头脑清醒。

有人告诉我，张守义设计封面，自有一套定价标准，稿酬少不画，多了退还。事实是：他重视实际，区别对待。出版社正常约稿，不达标准不接受，为装帧艺术保持应有的价值。而手头拮据、自费印书的作者，无论是老人或青年人，只要作品上乘，他则大力支持，设计封面，可分文不取。

我问他："你最喜欢的自己的作品是哪些？"他说："1982

年出版的《插图集》，还有为鲁迅先生小说画的润土、孔乙己。"
我又问他："你最欣赏的格言是什么？"他说："酒后之言。"接
着解释道："酒后吐真言，不作假，不吹捧，不自贬。"

辑三

凤凰涅槃

——悼念阿赫马托娃逝世 50 周年

安娜·阿赫马托娃逝世 50 周年了。

1989 年,阿赫马托娃诞辰 100 周年时,世界文化界为她举行过盛大隆重的纪念活动。

她是 20 世纪俄罗斯最著名的俄罗斯诗人之一,她的诗歌译成许多民族语言,传遍五洲四海,赢得各国人民群众的喜爱。但她的命运却坎坷崎岖、多灾多难,她的作品多次受到当局的批判,几度被禁止出版,如已出版则销毁;她又被多次恢复名誉。

阿赫马托娃的童年是在皇村度过的,离彼得堡不远,也是普希金度过童年的地方。她的最早的诗句也是在那里产生的。

阿赫马托娃活了 77 岁。她和祖国人民一起经历了第一次世界大战、十月革命、农业集体化、肃反岁月、第二次世界大战,疏散到大后方——中亚萨马尔罕等地。战争即将胜利结束时,她返回彼得堡,后来迁居科马罗沃村。不管命运如何安排,但她从没有停止写作。晚年(1964 年)远赴意大利,领取国际诗歌奖,1965 年去英国接受牛津大学授予的名誉博士学位。

诗人一生研究或翻译过许多国家的诗歌，中国古典诗歌是她爱中之爱，她和汉学家一起译过《离骚》以及李商隐的作品。

她的创作是多方面的，写过散文，写过回忆录，写过剧本，但以诗为主。她写自身的爱情、写幸福，也写痛楚、写不幸的遭遇；吟唱过生活的艰苦，也高声颂扬过正义的胜利，读者在她的诗中发现了自己的内心感受。历史证明她的诗没有失去时代的气息。近年来在俄罗斯各地为她建筑各种纪念碑、纪念像，最多的是彼得堡，这并非偶然。阿赫马托娃曾经说过："我的一生都和列宁格勒[1]联在一起——我在列宁格勒成了诗人。列宁格勒是我的诗歌的呼吸。"

苏德战争爆发后，阿赫马托娃不得不暂时离开彼得格勒，撤离到大后方去。临别时，她恋恋不舍地谈到故乡城市：

> 我们的分离不会成为实际：
> 我和你永远在一起，
> 我是影子印在你的墙壁，
> 我的影子映入了你的水渠，
> 我的脚步响彻埃尔米塔日博物馆的大厅，
> 那时我的朋友陪我在一起，
> 还有在旧的坟地——

1　即彼得堡——作者注

在那沉默的烈士墓前，

嚎啕哭泣。

　　几十年过去了，国家变了，制度变了，人民对她的爱没有变。阿赫马托娃的诗，从早期抒情的语句中就对俄罗斯大地充满了深情，随着年龄的增长而在不断加强。到了晚年，不管她写什么，她的诗中都蕴含着对祖国历史命运的思考。所以苏联反法西斯战争开始后，她当即写下振奋人心的诗句：

不怕在子弹下丧失生命，

不怕在战斗中失去家园，

我们要将你保存下去——

伟大的俄罗斯语言。

保卫你，让你自由、纯洁，

传给子孙后代，摆脱羁绊，

直到永远！

而当胜利即将来临时，她又说：

胜利站在我们的门外……

这位受欢迎的客人，我们如何将她接待？

让妇女们把从千万次死亡中

拯救出的儿童高高举起——

我们就是这样，把盼望已久的客人迎进门来。

（引自《战争风云》组诗）

正是由于她对人民的信赖和人民对她的爱戴，如今在俄罗斯许多地方都为她建立起一座又一座纪念碑。

1989年，在阿赫马托娃出生的地方，在一条通幽的小路上，门口的墙上安装了阿赫马托娃的一座白色大理石半身胸像。这扇被称之为"阿赫马托娃的拱门"有一个不大的花栅栏门，直通阿赫马托娃出生的房子。那里原叫乌克兰街，现已改成阿赫马托娃街。拱门口的纪念牌上刻着："在林荫道的深处即是俄罗斯诗人安娜·阿赫马托娃（戈连科）（1889—1898）出生的房子"。

在莫斯科大敖尔登卡街17号门口有块牌子，注明是国家保护的历史文化场地。牌子上刻着：

"自1938年至1966年，安娜·阿赫马托娃来莫斯科时，曾住在此楼中并在这里写作。"

另外，在这个院子里立起一座阿赫马托娃的纪念碑。纪念碑的设计别出心裁，它是根据意大利画家莫迪利阿尼为少妇时的阿赫马托娃画的速写像雕塑的，把一幅速写像变成了立体雕塑非常神奇：高高的花岗石台座上托着低头沉思中的阿赫马托娃。

1991年，阿赫马托娃诞辰100周年时，在莫斯科起义广场的一条街上，为阿赫马托娃建立了一座阿赫马托娃坐像。阿赫马

126

托娃表情忧郁、短发，双臂抱胸，念珠绕颈，静坐在椅子上。

1961—1963 年，阿赫马托娃在一诗中写道：

> 听到雷声你就会想起我，
> 你想：她曾经盼望过雷雨来临……
> 天边一角，变得绛红，
> 可是心，和那时一样，喷着烈火。
> 这事将发生在莫斯科的某一天，
> 那时我会永远离开这座城市，
> 向梦寐以求的码头奔驰，
> 把自己的影子留在你们中间。

（摘自《莫斯科的红三叶》一诗）

2006 年 3 月 5 日，在圣彼得堡阿赫马托娃喷泉楼小花园内为她又树立起一座纪念碑。阿赫马托娃在世时曾称小花园具有神奇的魔力，说彼得堡历史上的一些人物的影子常常光顾此地。纪念碑是个石柱，像一棵树干，又像一面墙，上边刻着阿赫马托娃中年时的全身侧面像，正像她的诗句所说："我的身影留在你的墙壁上。"

阿赫马托娃在喷泉楼居住的时间最长——三十多年。这儿原是俄国 18 世纪舍列梅捷夫公爵家族的所在地。阿赫马托娃在这栋楼里经受了革命初期的岁月，丈夫和儿子的被捕、二战的开始，联共（布）有关批判她的决议。但，也正是在这栋楼里阿赫马托娃开始写作万口传诵的长诗《安魂曲》。写作不能公开。她一边写，一边读给最信得过的朋友们听，然后划着一根火柴，当即销毁。很多段落是听者凭记忆替她保留下来的。

《安魂曲》（1935—1940）的开头，她引用了早在1916年写的诗句：

> 我不躲在异国的天空下，
> 也不求他人翅膀的保护——
> 　　那时我和我的人民共命运，
> 　　和我的灾难深重的人民在一处。

在《安魂曲》的尾声中，阿赫马托娃写到等候探监的情况时说：

> 祭奠的日子又临近，
> 我看见了，听见了，感觉到了你们：
>
> 这个女人，半死不活地被拖向窗口，
> 那个女人，已不能在故乡的土地上行走，
>
> 还有她，把美丽的头颅摆了一下，

说了一句："我来这里，如同回家。"

我真想提到每一个人的姓名，
可惜名单被抢走，我已无处去打听。

我用我从她们那儿偷听到的可怜的哭诉，
为她们编织了一面宽大的遮丧布。

我无时无刻无处不把她们回忆，
新灾新难新祸临头时，我也不会把她们忘记，

千万人用我苦难的嘴在呐喊狂呼，
如果我的嘴一旦被堵住，

希望到了埋葬我的前一天，
她们也能把我怀念。

《安魂曲》是阿赫马托娃20世纪40年代初写于彼得堡喷泉楼的。

阿赫马托娃临终前，1960年写道：除皇村古米廖夫家之外，喷泉楼是她的另一个家。

在喷泉楼居住时，她曾两度再婚。1918年阿赫马托娃与希

列依科结婚。希列依科精通多种语言，是研究古代亚速国的学术专家，是个才高八斗的人，但他除了自己的研究项目外，很少关心别人的事。后来阿赫马托娃对别人谈到她和希列依科的婚姻说：那如同一场噩梦，和他无法生活在一起。希列依科嫉妒心很强，把阿赫马托娃关在家里，禁止她当众朗诵，逼迫着她焚毁别人寄给她的信，让她用写成《车前草》的手稿点燃炉子。终于在1926年他们离了婚。

1926年她和先锋派艺术拥护者 H．H．普宁结婚。普宁比阿赫马托娃大一岁。他当时是政府重要的文化专员，是文艺界颇有影响的人物。他既敬佩阿赫马托娃，又常用轻蔑的口吻贬低阿赫马托娃的诗作，说什么："你只不过是皇村地方意义的诗人而已。"他们恩恩爱爱、磕磕撞撞地在一起过了16年。

离异后，阿赫马托娃写了一首诗，回忆了她和普宁的关系：

> 我们伤心，我们傲慢，又有些傻呆，
> 谁也不敢把目光从地下抬起来，
> 这时鸟儿用怡然自得的歌喉对着我们
> 唱出我们当年是何等相亲相爱。

在第三节《最后一杯酒》中，她写道：

> 为破碎的家园，

　　为自己的命运的多难，

　　为二人同时感到的孤单，

　　也为你，我把这杯酒喝干——

　　为双唇出卖了我的谎言，

　　为眼睛中没有生气的冷焰

　　为上帝无法拯救的苦难，

　　为残酷而粗野的人寰。

　　阿赫马托娃在世时，她的名字、她的作品时兴时衰，常常被人有意忽视不提。为此，1957 年阿赫马托娃写过一首诗《会被人忘记？这可真让我惊奇……》真实地记录了她半生的遭遇：

　　被人忘记？这可真让我惊奇！

　　我被人们一百次忘记，

　　有一百次我躺在坟中，

　　说不定现在还在那里。

　　缪斯也曾失明，也曾失聪，

　　也曾像种子一般在地下腐烂，

　　为的是以后能像灰烬中的凤凰，

　　在蓝色的太空中涅槃。

　　是的，阿赫马托娃真的像凤凰涅槃，重现天地之间，只是形式不同。

2006 年在圣彼得堡"十字架"监狱为阿赫马托娃竖立了一座全身纪念碑，这是一件不同凡响的事。"十字架"监狱建于 1892—1917 年，因为它的形状是个十字架，所以老百姓把这座监狱称为"十字架"（即克列斯特）。1905—1907 年革命发生以后，这里主要关押政治犯。

阿赫马托娃在长诗《安魂曲》中曾深沉写道：如果将来要为我树立纪念碑的话，请在十字架监狱附近，"我在这儿伫立过三百个小时的地方，当时门闩紧锁，不肯为我开放"。

如今在这里实实在在地为阿赫马托娃竖立了一座纪念像，纤细的身材，一手扶颈，一手持念珠，头向后望，满脸愁思。

创作这座雕塑的女作者加·多多诺娃曾这样写她的创作心得："我从神话和诗歌中吸取了很多营养。阿赫马托娃的形体中有罗得妻子的影子；也有伊希斯走在尼罗河畔寻找丈夫与儿子的尸体的故事。青铜的阿赫马托娃纤细、高挑儿，在回盼的脸上掩藏着不为别人所能看到的悲哀。

多多诺娃提到的罗得是圣经神话中亚伯拉罕的侄子。所多玛城毁灭，上帝嘱咐他从所多玛城逃出时不得回头观望，但罗得回了头，他的妻子变成盐柱。伊希斯——古埃及神话中忠于丈夫和富有母爱精神的女神。她是丰富的象征，亡灵的守护者。

阿赫马托娃逝世五十周年了。俄罗斯人民仍然在怀念她，在传诵她的诗歌。俄罗斯为她树立起一座又一座纪念碑。她，人不在了，可是她的诗歌，她的声音回响在人间。

阿赫马托娃从少女抒情到政治批判，从个人身世到民族经历，是一位传奇式的诗人，正像她临终前一年在自述中说的："我从未停止写诗。诗中有我与时代的联系，与我国人民的新生活的联系。我写诗时，是以我国英雄的历史中的旋律为节奏的。我能生活在这些岁月中，并阅历了这些年代无与伦比的事件，我感到幸福。"

早在 1909 年，18 岁的阿赫马托娃像寓言似的写到了自己的死亡：

> 风儿，你，你来把我埋葬！
> 我的亲属没人来祭奠，
> 我的头上是迷茫的雾色，
> 还有沉静的大地的呼吸。
>
> 我当初和你一样自由，
> 不过我有过强烈的求生之欲。
> 你瞧，风儿，我的尸骨已寒，
> 可是没人收拢我的双臂。
>
> 请你用傍晚昏暗的帷幕
> 把这黑色的伤口盖住，

请你让淡蓝色的薄雾

把经文在我身旁诵读。

让我孤零零的一个人能够

安然轻松地长眠，

让高尚的苔草萋萋吟唱，

吟唱春天，我的春天。

（引自《风儿，你，你来把我埋葬》）

经过寒冬酷夏，气象循环，阿赫马托娃的春天来临，百花为她竞绽，纪念碑为她争相竖立。她浴火重生，她像凤凰涅槃！

孤独的灵魂
——女诗人玛·茨维塔耶娃

在阿赫马托娃同辈当中，和她齐名的另外一位女诗人是茨维塔耶娃。茨维塔耶娃理应取得更大的成就，但非自然的死亡中断了她的才华。她生活中与阿赫马托娃的一个明显不同之处，是她在相当长的一段时间里离开了祖国。这个代价太惨痛了。她没有看见自己的著作在祖国大量印行，甚至死前没能和丈夫与女儿见一面。

玛丽娜·茨维塔耶娃（1892—1941）自称是颗"孤独的灵魂"，这是辛酸的自我写照。她活了不到50岁，其中有25年是在革命前的俄国度过的，后来在苏维埃时代及国外度过了17个年头。在浪迹天涯的日子里，也许诗歌是她唯一的伴侣。她创作的诗歌数量相当大，但这些作品像孤儿一样找不到母亲。她先后写了17部长诗，8部诗剧，还有大量的抒情诗、散文、论文。她在世时出版了13本集子，死后苏联国内为她编了3本集子。据说这仅仅是她创作的一部分，还有不少作品散见于国外的期刊上或留在手稿中。

茨维塔耶娃出生在一个自学成才的学者家中。父亲是莫斯科美术馆的创始人。可惜茨维塔耶娃成人不久（21岁时），父亲不幸逝世。她母亲是俄罗斯化的波兰人与德意志人的后裔，是位音乐家。母亲死得更早些，那年茨维塔耶娃只有14岁。她认为母亲对她的影响甚大，是母亲让她理解了音乐、大自然、诗、德国……

茨维塔耶娃少年时代曾随患病的母亲居住国外，并在瑞士上过小学。她自幼通晓德文与法文，6岁即可用俄、德、法三种文字写作。16岁开始发表诗，两年后，不待中学毕业便出版了厚厚的一本诗集《傍晚》，那是1910年。她的诗集比阿赫马托娃的《黄昏》面世早两年。她的《傍晚》只印了500本，但并没有淹没在诗海之中。当时颇有影响的诗人勃留索夫（1873—1924）看了这本诗集颇为赞赏，著文推荐。

茨维塔耶娃的早期作品也许过多地注意了生活中的琐事，所以有人一度为她的前途担忧。不过，她的诗与当时风靡俄国的象征派诗歌不同，有生活气息，有生活根基，这也正是她以后能够在探讨人的心理和事物本质方面取得成功的先决条件。

茨维塔耶娃的诗歌从一开始就显示出文字讲究，词汇丰富，善于烘托感情，还有一种好斗的气质和难言的孤独感。这可能与她个人的经历有关。她与大学生埃夫伦结婚，生活美满，但，过了不久，丈夫参加了白卫军。十月革命时，埃夫伦是敌对阵营里人，她的二女儿在贫困中夭折。她不埋怨命运，也不向困难低头，她用高傲的外表和蔑视一切的言辞掩盖起孤寂的心境。其实她急切渴望的是平凡人的温馨生活：

> 给我安宁和欢乐，给我幸福，
> 你们会看到我是如何享受这些！

在她的爱情诗中，我们可以感受到她情之真挚和炽热。1916年8月，她在一首诗中谈到对情人的爱时说，她要"从所有的大地""所有的天国""所有的时代、所有的黑夜""所有的旗帜下""所有的宝剑下""所有别的人那里——从女人那里"将爱人夺回，因为没有人能像她那样爱对方，她甚至赤裸裸地表示："我比狗更忠贞不渝。"茨维塔耶娃表露感情的方式是不寻常的："你不会做任谁的新郎，我也不会做任谁的爱妻，我要决一雌雄把你带走……"这首诗以不寻常的语言写出了女人执着地追求爱情的魅力。如果再细细地聆听一下，那么我们在字里行间还可以听到一颗孤独的灵魂的哀鸣。

在革命风暴临头动荡的岁月里，茨维塔耶娃标榜自己不理解，也不想理解政治，她潜心要做的事是写爱情诗。革命触及了她的生活、她的利益，对一切事物极其敏感的女诗人，自然也控制不住自己的感情。十月革命之后，当胜利了的无产阶级欢欣鼓舞的时候，她却悼念旧的事物：昔日的莫斯科，白色的石墙，教堂的钟楼。她把1917年至1921年的诗编成了一本集子，起名

《天鹅营》，对白卫军表示同情。她声明不出版这本诗集，但在国外又把它保存在档案库中。这说明这位女诗人思想上的动摇与心灵中有解脱不了的矛盾。

值得注意的是她在同一时期写的另外一些作品中，表现了另一种信念，即白卫军不可能占领莫斯科。她在 1918 年的一首诗中写了如下一段注释："当马蒙托夫[1]逼近莫斯科时，当所有资产阶级分子把克伦斯基[2]临时政府发行的货币兑换成沙皇货币时，唯独我一人没有兑换（不仅因为我没有，还因为我知道白卫军是进驻不了首都的）。"1920 年她写的诗体故事《女儿皇帝》，是述说红色的人民的俄国如何讨伐了吸血魔王，通过寓意表现了自己对新的俄罗斯的向往。这一切都说明，在社会生活发生巨大变动的时代，茨维塔耶娃敏感地认识了一切，但在感情上还徘徊不定。她在十分矛盾的情况下度过了十月革命后的头几年。

1922 年，十月革命已经过去了五年，红军已经击溃了白卫军和十四国的武装干涉，茨维塔耶娃在这种时刻带着女儿出国，投奔逃亡国外的丈夫。她先后住在柏林、布拉格、巴黎等地。最初，流亡国外的白俄分子对这位女诗人的到来表示热烈欢迎，连续发表她的诗作，赞扬她的才华，可是在异乡寄人篱下的日子，使她逐渐对世界、对祖国有了新的认识，对人世间的炎凉也有了

1　马蒙托夫（1869—1920），白卫军将军。
2　克伦斯基（1881—1970），曾任俄国临时政府的总理，1918 年逃亡法国。

进一步的看法。她那颗孤傲而彷徨的心变得清醒了。她丈夫埃夫伦觉悟到自己的迷误，决心痛改前非（后来他参加了西班牙共和军）。这事对茨维塔耶娃是有影响的。她不能不正视严峻的现实。她的变化使白俄分子对她感到失望。他们在报刊上越来越少发表她的作品了。自 1928 年她的诗集《离开俄罗斯之后》问世后，西方世界再也没有出版她的集子。她明白了，她的读者不在白俄分子中间，而在祖国。1933 年她在一封信中写道："我 1922 年出国，可是我的读者留在俄国，我的诗（1922—1933 年的）送不到我的读者手中。最初，在流亡中，他们发表我的作品（头脑发热），可是后来，他们醒悟过来，不再刊载了，他们觉得我不是他们的人：我是那边的人！内容好像是我们的，而声音是他们的。"茨维塔耶娃自己认为她是"那边的人"，即"苏维埃人"，未免过于天真。不过她的思想感情已不再像白俄流亡分子那样仇恨苏维埃制度了。

背井离乡不适于茨维塔耶娃的个性。她在国外感到孤寂。丈夫长期患病，儿子尚且年幼，全家主要靠女儿从事编织的收入和她本人的微薄稿酬维持生活。然而，物质条件再差，她仍然忠于诗歌创作。她说："我不知道我还能活多久，我不知道我是否还能返回俄国，但我知道，我直到最后一行诗也要写得有力，软绵绵的诗歌——我是不会拿出来的。"

乡愁，国恋——自她离开故土栖身异邦时便逐渐产生了，时间越长，精神压力越大。1925 年她从捷克的农村写给好友帕斯捷尔纳克（1890—1960）的诗中说：

> 我向俄罗斯的黑麦致以问候，
> 还有那村妇歇息纳凉的田畴。
> 朋友啊！我的窗外淫雨霏霏，
> 不幸和退想充塞我的心头……

女诗人借家乡的黑麦，纳凉的田畴，和此时此刻的窗外霏霏淫雨，倾诉了羁旅他乡的寂寞惆怅之情，以及对祖国亲人的真挚忆念。

茨维塔耶娃不仅思乡，而且也意识到国威。1928 年 11 月巴黎的一家杂志上发表了茨维塔耶娃的一篇文章，其中有一段颇有意义的记述。她写道：

"1922 年 4 月 28 日我离开俄罗斯的前夕，清晨，在空空荡荡的铁匠街上遇见了马雅可夫斯基。

'喏，马雅可夫斯基，您有什么话要转告欧罗巴吗？'

'真理在这边。'

1928 年 11 月 7 日傍晚，我从伏尔泰咖啡馆出来时，有人问我：

'马雅可夫斯基朗诵之后，您对俄罗斯有什么可说的？'

我不加思索地回答道：

'力量在那边。'"

"这边"——是矗立在年轻的苏维埃国土上的诗人的自豪的声音；"那边"——是流落异乡的人怀着内疚谈及故土的感叹。1922 年马雅可夫斯基深信真理在苏联一边，六年以后，亲身饱尝了流亡辛酸的茨维塔耶娃不能不承认力量在祖国一边。女诗人把自己这种心情写进随笔，无非是公开表白自己的政治态度。

茨维塔耶娃思念祖国的诗很多，让我再引证一首 1931 年 6 月之作——《松明》。女诗人在巴黎仰望埃菲尔铁塔，拾级而上：

你们的巴黎让我们感到

枯燥乏味，也不富丽堂皇。

我的俄罗斯呀，俄罗斯，

你为什么燃烧得那样明亮？

两年以后；她在笔记中就这首诗写了一条注释："塔鲁萨……科克杰别里……这才是我的心灵的所在。请沿着这些地方采集吧。在巴黎（我客居了八年）连我的影子也不会留下。"她不愿留在巴黎，甚至连影子也不愿意留给它。可是祖国的幻觉时时笼罩着她的心，这一点明显地表现在组诗《给儿子的诗》（1932 年）中。

无论是城市还是乡村都不值得留恋——

去吧，我的儿子，去向自己的祖国回返，——

去回家园——它同一切家园迥然不同！——

返回到那里去——就是向前进行，

尤其是对于你——

......

祖国不会把我们召唤！

去吧，我的儿子，回家去吧——勇往直前——

回到自己的家园，回到自己的世纪，

回到自己的时辰，——离开我们——

回到你们的——俄罗斯去，回到大众的——

俄罗斯去，

回到我们的时代的——祖国去！回到现今的时代的

　　——祖国去！

回到奔向火星的——祖国去！回到没有我们的

　　——祖国去！

　　《给儿子的诗》是一组组诗。茨维塔耶娃在这组诗中向她那个出生在捷克的儿子作了勇敢的自我解剖，表明她有足够的勇气承认自己的迷误：过去她所离开的人，恰恰代表了正义。十几年的流亡生活使她的诗作增加了浓厚的政治色彩。她再不是不想过问政治的女诗人了，1938年当捷克被德国法西斯侵占时，她发表了组诗《致捷克的诗章》。她对这个国家寄予深切的同情，对法西斯的罪恶行径表示万分仇恨，组诗中她反复地运用了"拒绝"二字，语气坚定，掷地有声：

> 眼窝里的泪水啊！
> 愤怒和爱的哭泣！
> 捷克浸在泪河里啊！
> 西班牙浴在血泊里。
> ……
> 我拒绝——存在。
> 在非人的疯人院里，
> 我拒绝——生活。
> 同广场上的狼群一起。
>
> 嗥叫——我拒绝。
> 与平原上鲨鱼相携——
> 同流合污——随波
> 逐流——我拒绝。
>
> 我既不需要耳朵灵敏，
> 也不需要眼睛洞察一切。

对你的丧失理智的社会

回答只有一个——拒绝。

这首诗写于异邦。她清算了自己的错误，也辨别了社会的真伪与美丑，果断地向前迈了一步。这一年，她实现了多年的愿望——恢复了苏联公民的国籍，从而结束了失去祖国的痛苦生涯。她怀着难以名状的心情回到了祖国。她也许把未来的日子想像得过于美好了，她期待着祖国母亲对她的体贴与抚爱，但……参加西班牙人民解放战争的丈夫与女儿阿丽娅[1]来到苏联后，先后被关入监狱。她的妹妹也被捕了。过了不久，法西斯德国入侵苏联，卫国战争爆发，她和儿子疏散到卡马河畔的叶拉布加村。儿子参了军。她的种种要求得不到满足，周围的冷漠与心中的孤寂终于使她走上了一条令人痛心的道路——1941年8月31日自缢而死。

1944年，他的儿子为保卫祖国献出了生命。

茨维塔耶娃死了，可是她的诗，经过几十年的沉默又发出了声响。有些读者，特别是青年读者，对她的作品表示出浓厚的兴趣。女诗人本人对此早有预见。1919年，她在《致一百年过后的你》就作了如下的预言：

我手里握着我的诗稿——

---

1 她的女儿阿丽娅在流放中度过十六个年头，1956年恢复名誉，1975年逝世。

几乎变成了一杯尘埃！我看到你
满面风尘，寻觅我诞生的寓所——
或许我逝世的府邸。

其实，重新评价与认识茨维塔耶娃其人其诗，并没有经过一百年。今天，她的作品已在她的祖国得到越来越高的评价。

茨维塔耶娃的创作与任何一名诗人的作品都不会混淆。她有自己的思维方法、讴歌对象、韵律与节奏。她吸收了俄罗斯民歌与民谣的因素，又不乏外国诗歌的技巧。她的诗给人以动感，或不安静的感觉，仿佛一切都处于变化的前奏。她绘声绘色地描写了祖国浩渺的天空与大地，刻画了桀骜不驯的女人的精神世界。她的抒情诗主要是对话，作者和一个无形的人在对话。她的人物意志坚强，与命运长期抗争，遗憾的是总不能取胜，总不能制服不驯的命运。也许这正是她本人的内心写照。

茨维塔耶娃的气质和激情近似她的同辈马雅可夫斯基（1893—1930）和叶赛宁（1895—1925）。这三位具有不同世界观、不同经历、不同志向的诗人都在苏联时代自杀身亡，为后人留下许多疑问。

她和阿赫马托娃、帕斯捷尔纳克又有诸多相同的地方，三人也都经历了十月革命，但都不是革命的歌手。她们的抒情诗却一直为众多爱好者所吟咏，也不会被革命时代的人民所遗忘。

让心灵保持平衡

——鲍·帕斯捷尔纳克

鲍里斯·列昂尼多维奇·帕斯捷尔纳克（1890—1960）是苏联文学乃至世界文学中的一个相当复杂的文化现象。他的性格耿直古怪，他的经历坎坷崎岖，他的创作高雅深奥。围绕着他和他的作品，有褒有贬，几十年来关于他的争论时起时伏，从未中断。

20世纪80年代以来，我国报刊上零零星星发表了他的一些短诗和小说的译文，北京与地方的出版社出版了他的长篇《日瓦戈医生》，而且有几种不同的译本，但，应当承认，对他的了解、对他的研究，还得进一步深入。

帕斯捷尔纳克的名字在我国出现，轰动一时的，当属1958年。那时，帕斯捷尔纳克的《日瓦戈医生》在西方问世，瑞典皇家科学院授予他诺贝尔文学奖，苏联从上至下对他展开了猛烈的围攻。有些国家文艺界，包括我们，也不问青红皂白，甚至在没有读到小说全文的情况下，唯"苏联老大哥"的马首是瞻，亦步亦趋，遥相呼应，刹时间，乌云密布，骂声鼎沸。帕斯捷尔纳克的形象便在我国读者中间以一个"反动作家"的模样出现。可是，曾几何时，气候变了，真相大白，苏联文艺界对帕斯捷尔纳克的评价来了个一百八十度的大转弯。经历了史无前例的"文化大革命"的中国人民变得聪明了，再不盲从了。苏联还没有为帕斯捷尔纳克恢复名誉之前，我国的苏联文学工作者们便翻译并发表了他的一些短诗，接着又着手翻译他那部被斥为"反革命的诽谤作品"。

记得 1983 年在苏联莫斯科"文学家之家"与诗人叶甫图申科会晤，当他听说我国出版的《苏联当代诗选》中收有帕斯捷尔纳克的短诗时，顿时流露出惊异的神色。我也记得 1985 年，叶甫图申科随苏联作家代表团来到我国访问，得知我们准备出版《日瓦戈医生》的译本时，他流露出来的惊喜和激动。在一次座谈会上，他把马雅可夫斯基诗与帕斯捷尔纳克的诗作了对比。他说，他们都是大诗人。还说：十月革命胜利初期，苏联读者总的文化水平还不高，阅读与欣赏能力较低，他们更需要激励自己斗志的作品。那时他们喜爱马雅可夫斯基的作品，而对帕斯捷尔纳克的诗则另有看法，认为他的诗艰深难懂，且缺乏时代气息。几十年过去了，苏联读者水平大大提高了。他们已不满足于只富有激情的诗了，他们还要追求深奥的、能使人得到艺术享受的作品，所以帕斯捷尔纳克的诗开始赢得广泛的欢迎。叶甫图申科向我讲述了《日瓦戈医生》是在怎样的情况下受到批判的。那时他渴望中国能早日把这部小说出版，"你们出了这本书，对我们会形成一种压力。"他盯着我，又加了一句："但要有一篇高水平的前言。"

后来，我们从苏联报刊上得知，叶甫图申科于 1986 年，在苏联作家协会理事会上与其他 14 名作家联名呼吁为帕斯捷尔纳克平反。叶甫图申科的这种积极的政治热情是可以理解的。不仅因为当年苏联作协开除帕斯捷尔纳克会籍时，他没有支持作协的错误主张，而且更因为敏感的叶甫图申科早已意识到，恢复帕斯捷尔纳克的名誉是他维护苏联文学传统的天职。

与帕斯捷尔纳克关系更密切的是叶甫图申科的同辈诗人沃兹涅先斯基。20 世纪 60 年代末，沃兹涅先斯基进入文坛时就公开声明，他只有一位老师，这位老师就是帕斯捷尔纳克。在当时来说，这种声明可谓胆大妄为了。

1986 年，苏联作家协会正式为帕斯捷尔纳克恢复了名誉，并成立了帕斯捷尔纳克文学遗产委员会，沃兹涅先斯基被选为该委员会的主任委员。委员会成立之后，立刻开展了活动，他提出的十四条建议全部被通过，其中包括把帕斯捷尔纳克的故居改为纪念馆，出版帕斯捷尔纳克的全集等等。

1989 年，我在莫斯科会晤沃兹涅先斯基时，谈到了帕斯捷尔纳克。他告诉我，1990 年帕斯捷尔纳克诞辰一百周年时，苏联准备举行大规模的纪念活动，除出版作品外，还将召开国际研讨会。那一天，我们交谈得兴致很浓，沃兹涅先斯基邀我过几天一起去参观帕斯捷尔纳克的故居，到他的墓凭吊。可惜，我在莫斯科的访问时间有限，而他的活动又多，我们的愿望未能实现。

帕斯捷尔纳克出生在一个艺术家的家庭里，父亲是著名的画家，母亲是钢琴家。他自幼受到艺术的熏陶，本人对艺术有多方面的爱好。他早年专门学习过音乐，甚至准备当一名作曲家。考入莫斯科大学后，他毅然放弃了音乐，一心攻读哲学。1912年春他前往德国，在马尔堡大学深造。最后他又放弃了哲学而专事诗歌与小说的创作。

帕斯捷尔纳克在学生时代就开始写诗。第一首诗发表于1913年。1914年出版了抒情诗集《云雾中的双子星座》，两年后又出版了诗集《超越障碍》。这两部作品表现了作者在十月革命与世隔绝的内心世界，抒发了个人对生死对爱情的想法。那时，他的文字艰涩难懂，联想离奇，艺术上流露出唯心主义和追求俄国与德国理性抒情诗的倾向。不从作诗的角度来看，他遣词审慎，格律严谨，为他在诗坛上争得一席之地。1917年夏天，帕斯捷尔纳克完成了《生活呵，我的姐妹》（发表于1922年）。这时他的美学观点已经基本形成，他着重表现的是人与大自然的一体性。

十月革命后，帕斯捷尔纳克在政府的教育人民委员部的图书馆任职，面对新的社会现实，他的思想发生变化。1926年他写成长诗《施密特中尉》，接着又发表了长诗《1905年》。这两部反映现实的和历史事件的长诗，博得了舆论界的好评。《施密特中尉》中表现了个人在革命过程中的命运。《1905年》则写出了俄国历史中的一桩重大革命事件。帕斯捷尔纳克从抒发个人内心感受转而描写重要的社会题材，无疑是个进步。诗人当时虽然相信革命的正义性，但却否认革命的暴力。他认为现实不需要改造，现实应任其自然发展；艺术如同海绵，它的使命是吸收。他的这种政治观点和创作消极的倾向，在后来的作品中继续有所表现。

苏联反法西斯德国战争前夕，他完成组诗《在早火车上》。诗人在探索新的创作道路，文字趋向明朗，不再沉湎于渺茫的描绘中，而希求表现熙熙攘攘的人群活动。战争时期他到过前线采访，并写过一些战地报道，发扬了他在《施密特中尉》中所歌颂的自我牺牲精神。

1956—1959 年帕斯捷尔纳克编成诗集《雨霁》，词句比较通俗，玄虚的描述和含糊的比喻大为减少，他所主张的人与大自然的合一，在诗集中表现得更为突出。盎然的诗意中含着生活的哲理。

帕斯捷尔纳克从事诗歌创作的同时，从未忽略散文的写作。早在 1922 年，他发表了中篇小说《柳威尔斯的童年》。高尔基还为这部小说的英译本写过前言（该书未能出版）。1931 年他发表了自传体中篇《安全保护证》。以后又写了一些小说、散文等。1957 年他完成了长篇小说《日瓦戈医生》。他认为这是他一生中最主要的作品，甚至否定了他过去的全部诗作。晚年创作戏剧《盲美人》，未能最后完成。

1958年《日瓦戈医生》在西方出版后，帕斯捷尔纳克经受了一场大的灾难。他在痛苦与孤寂中度过最后两年。他当时最担心的是外国作家对他的呕心沥血之作进行违心的辱骂。而事实证明，真正有良心的艺术家不甘当鹦鹉，他们不但没有跟着"苏联权威"批判他，而且还热情地予以声援，甚至不惜与苏联当局抗衡，我们不妨参阅一下1958年年底的外国报刊的报道：

"在里约热内卢，巴西的小说家、斯大林奖金获得者若热·亚马多10月30日表示，苏联作家协会开除出帕斯捷尔纳克的会籍，说明公式化概念化宗派主义和教条主义分子在苏联仍然占有优势，他们企图阻碍文学创作，只许一家独鸣，文学艺术就不能发展。"最后亚马多说："我祝贺鲍里斯·帕斯捷尔纳克获得诺贝尔奖金。"

法国作家、法兰西学院院士弗朗索瓦·莫里亚克发表声明说："鲍里斯·帕斯捷尔纳克受到惩处，我感到愤怒。无论如何，我希望苏联政府重新考虑这一决定，不要阻止帕斯捷尔纳克到斯德哥尔摩去，因为他的作品能使俄国永远获得荣誉，并且帮助了我们更好地了解今天的俄国。"

另一位法国作家，阿尔贝·加缪说："《日瓦戈医生》这一伟大的著作是一本充满爱的书，并不是反苏联作品。它并不对任何一方不利，它是具有普遍意义的。俄国只要记住这次诺贝尔文学奖是授予了一个在苏维埃社会里生活和工作的、伟大的俄罗斯作家这样一件事就行了。"

英国作家托·斯·艾略特、格·格林、奥·赫胥黎、罗素、毛姆、普里斯特利、福斯特、韦斯特等人联名拍了电报给苏联作家协会主席，要求他保证不使帕斯捷尔纳克遭受迫害。电文中说："我们深切地关怀世界最伟大的诗人之一帕斯捷尔纳克的命运。我们认为他的小说《日瓦戈医生》是个人经历的动人见证，而不是一本政治文件。"电文最后要求不要使"这位为整个文明世界所尊敬的作家"受到迫害，并说这样会"玷污伟大的俄罗斯文学传统"。

奥地利的一流作家们当时也联名发表决议，抗议苏联对帕斯捷尔纳克所采取的行动，并向这位"我们伟大的俄国同行……在他孤独的时刻"表示敬意，"他的国家的统治者的反知识分子恐怖已给他定了罪"。

意大利全国作家联盟致电苏联作家协会意大利全国作家联盟："对于贵会对鲍里斯·帕斯捷尔纳克所采取的态度表示沉痛的惊愕，并提出抗议。"又说"它严重地违反作家的职业尊严……"

意大利另一个全国作家组织公开发表宣言："意大利的作家们希望将来每一个国家的艺术家都可以发挥创作能力，而不必在灵感方面对国家承担任何义务。意大利的作家认为以捏造的政治理由剥夺一个真正的作家作为一个作家的权利是荒唐的。意大利作家们谨此表明他们与今天被阻挠接受诺贝尔文学奖的鲍里斯·帕斯捷尔纳克是团结一致的。"

巴西争取文化自由协会表示，"任何阻碍艺术家发出他的艺术呼声的企图，都是非人道的极其严重的犯罪行为。苏联政府针对帕斯捷尔纳克所采取的行动，是对人类尊严和自由的史无先例的侵犯。这种行动表明，作家的作品必须顺从官僚政治的既定形式，而不是服从于人类的不朽精神的最高准则。"

有三位芬兰作家分别发出了两份呼吁，致电苏联作家协会，要求作家协会恢复帕斯捷尔纳克的会籍，以便使他能够继续从事文学写作。

如今，重新回顾这一事件，何其触目惊心。帕斯捷尔纳克在那乌云翻滚的年代里，能够保持心灵的平衡，说明他已看穿人生，有着深厚的修养。

帕斯捷尔纳克一生中写了两部散文体的自传，是了解他和研究他的第一手最重要的资料。第一部写于四十岁前，个别章节于1929年至1931年间，分别发表在《星》和《红色处女地》杂志及《文学报》上。1931年列宁格勒作家出版社出版了单行本，取名《安全保护证》。本来，还有一篇后记，但出书前帕斯捷尔纳克把它删掉了。作者把这篇自传献给已故的奥地利作家里尔克（1875—1926），正像后记中所写的："如今我已写完了《安全保护证》，它是为纪念您而写的。"

帕斯捷尔纳克敬爱里尔克，他有意把自己的生平和里尔克的名字联在一起。其实，帕斯捷尔纳克只在1900年夏天偶然一个机会见过里尔克一面。当时帕斯捷尔纳克的父亲在场。他父亲把此事写入他的《历年散记》一书中："我儿子鲍里斯（当时还是个十岁的学生）跟我走出车厢来到站台上时，见到了那时还年纪轻轻的里尔克。那是他生平第一次见到里尔克，也是最后一次。那时，不论是他还是我，连做梦也没有想到这位伟大的德语诗人在以后的日子里会对他产生那么强烈的影响。"帕斯捷尔纳克早在青年时代就醉心于里尔克的诗，从1911年断断续续地翻译他的作品。他吸收了里尔克的艺术思想。1926年2月，帕斯捷尔纳克得知里尔克知道他时，深为感动，便于同年4月12日给里尔克发出一封热情洋溢的信，信中颂扬里尔克为"伟大的、崇敬的诗人"，并声明："我的性格的主要特点，我的精神存在的所有方面，都应归功于您。"帕斯捷尔纳克当时期望很快能与里尔克会晤，但未能如愿。于是，他把自己的艺术观，通过对作曲家斯克里亚宾和诗人马雅可夫斯基的形象的描写，写入《安全保护证》一书中。

《人与事》是他66岁时写的第二部自传。标题准确译法应是《人物与景况》。它原是为一本诗集写的前言，作者生前并未发表。帕斯捷尔纳克去世七年以后，围绕着他的风波已经平息，当年带头对他讨伐的《新世界》杂志这时将它公布于世。《人与事》中不仅写出了一些鲜为人知的历史往事，而且还讲出了作者对一些名人的看法。最初的原稿中，还有这样一段被删掉的话：

"我的随笔的开头部分就写到这里为止。我不是把它拦腰截断，而是有意不将它写完。我把句点正好写在我当初想写的地方。我根本没有想把 50 年的经历写成几卷的书，写出众多的人物。

"我文中的分析没有涉及马尔蒂诺夫、扎波洛茨基、谢尔文斯基、吉洪诺夫等一些好的诗人。我一个字也没有提西蒙诺夫和特瓦尔朵夫斯基这一辈人数众多的诗人。

"我是从最小的生活圈子的中心着笔的，有意把自己限制在其中。

"这里所写的东西，足以使人理解：生活——在我的个别事件中如何转为艺术现实，而这个现实又如何从命运与经历之中诞生出来。"

了解帕斯捷尔纳克的思想与创作需要付出更多的精力与功夫。近几年，俄罗斯关于帕捷尔纳克撰写了一些文章，也出版了几部有关他的书。据说西方也在出版这方面的研究成果。

前两年，柳鸣九兄邀我写一部帕斯捷尔纳克传。经过一番思考我接受了他的好意。一方面，我想写出自己对帕斯捷尔纳克的看法，同时，也是为了填补我国在这个领域的一个空白。

忆一段往事

2015年10月8日，白俄罗斯女作家斯韦特兰娜·阿列克西耶维奇荣获诺贝尔文学奖，轰动了世界，也让我回忆起与她接触的往事。

二十六年前，我们《世界文学》杂志编辑部和外文所有关人员曾接待过由六人组成的一个苏联作家代表团。白俄罗斯的女作家阿列克西耶维奇是其成员之一。座谈进行得很认真、很坦诚，各抒己见，多有启发。

阿列克西耶维奇四十刚出头，表情带些忧思，一双灰色的眼睛闪动着智慧的光芒。她的发言没有华丽的辞藻，没有豪言壮语，谦虚、稳重，透露着自信，每句话似乎都经过思考。

她提到自己在大学上的是新闻系，毕业后当了记者，认识了白俄罗斯著名作家亚·阿达莫维奇，以他为师。她从记者生涯逐渐进入文学领域。

她讲了自己写作的经历，她跑遍全国城乡，采访成千上万名普通百姓、退伍军人、灾区难民、妇女儿童，笔录他们的讲话。

当时她留给我最深的印象是"记录真实"，通过战争和各种灾难给个人、给家庭造成的不幸。我一边听一边想，这么一位女性需要多大的精神力量的支持才能承受得起感情的压力和煎熬。

1999 年，我在苏联《民族友谊》杂志上读到她的新作《锌皮娃娃兵》。书中记述的时间是苏联 1979 年 12 月入侵阿富汗，阴谋倒阁，屠杀百姓，到 1989 年 2 月不义战争失败到撤军前夕为止。

苏联伤亡人数之多难以计算；时间之久，甚至比卫国战争长出一倍。苏联派去的入侵者主要是一些 20 岁左右的青年，也就是"娃娃兵"。后来我将此书译成中文出版。

阿列克西耶维奇记录的人间悲剧，有的读者感激涕零，认为书中披露了他们的所思所想，让他们了解了真相，恨不得跪下去表示感激。同时也有人不能接受，认为作者是在给苏军抹黑，有的母亲带着阿富汗战死的儿子的相片和他们获得的奖章，一边哭一边喊："你们看，他们多么年轻、多么英俊，他们是我们的亲骨肉，可是她尽然写文章说他们在那边杀人！"有人甚至把阿列克西耶维奇告上法庭。

阿列克西耶维奇后来又发表了几部作品，形成了自己独特的风格。她作品中似乎没有中心人物，但从记录的讲话中、互不联结的事件中，可以让读者得到相对完整的概念与画面。她挖掘的是讲话人的心理、埋在潜意识中的实质。

世界是斑斓的，而真实是刺眼的，更是刺心的！

真实——多么朴实的话，多么难做到的事。

这次获诺奖后，俄罗斯有些作家不服气，多方指责，实属过分。我国也有人开始发表轻视的看法。

在她获诺奖的日子里我忆起这段我们《世界文学》同仁接触的往事，还有赠送她的作品的沉甸甸的感情。

阿列克西耶维奇辛勤写作半个多世纪，不遗余力地揭示苦难中的真相，荣获诺奖荣誉，我相信她会创作出更出色的作品，以飨读者。

祝贺她！

辑四

最后的追求

——马雅可夫斯基与维罗尼卡的爱情故事

马雅可夫斯基三十几岁以后曾想组成自己的家。两次努力都落了空。第一次是 1929 年秋，他准备给自己插上翅膀飞往巴黎去娶苏联姑娘塔吉雅娜·雅柯夫列娃。有人说，塔吉雅娜根本不会跟马雅可夫斯基回到苏联，除非马雅可夫斯基本人留在国外。但是马雅可夫斯基万万没有想到，他向当局申请出国护照竟得不到批准。有人怀疑是莉丽娅（马雅可夫斯基以前的恋人）的朋友、克格勃负责人阿格拉诺夫暗中作梗。马雅可夫斯基十分沮丧。有生以来他第一次想组成家庭的愿望成了泡影。

于是，他在莫斯科加紧了对女演员维罗尼卡·波伦斯卡娅的追求。这是他最后的一次爱，又一次想组成家庭，又未成功。

维罗尼卡是在马雅可夫斯基心情最坏的日子跟他熟悉起来的，是在他需要安慰、关怀与照顾的日子里和他亲近起来的。从1929 年 5 月 13 日相识到 1930 年 4 月 14 日马雅可夫斯基自杀，他们两人共相处了十一个月。这是不平静的十一个月，是充满了悲欢磨难的十一个月。

一

　　维罗尼卡二十一岁，健美如运动员，白净的皮肤衬托着金黄的头发。红嫩的脸颊，一对迷人的酒窝。她是位难得的美人儿。她刚踏进社会，还保持着一颗纯真的少女的心。她对戏剧的爱好使她和青年演员扬申结成伉俪。关系不错，只是男方对她的心境关心不够。

　　维罗尼卡和她的丈夫扬申与勃里克夫妇有过工作联系。奥西普·勃里克当时是个国际工人援助会电影制片厂的文学脚本部负责人之一。他领导一个摄制组根据莉丽娅写的一部讽刺西方滑稽影片的脚本《玻璃眼睛》拍摄影片。莉丽娅任导演。维罗尼卡在影片中扮演美国电影明星的角色。维罗尼卡和扬申还去过莉丽娅和奥西普的家，但没有遇见马雅可夫斯基，因为马雅可夫斯基正在国外。

　　马雅可夫斯基与维罗尼卡第一次见面是在赛马场上。

　　那时，马雅可夫斯基常常遭到拉普的攻击，创作处于低潮，经常去看赛马，或去找朋友打牌或打台球。

　　明媚的阳春5月，几位朋友在赛马场上相遇。马雅可夫斯基、奥西普、卡达耶夫、奥廖沙、皮里尼亚克、扬申、维罗尼卡。奥西普把他手下的女演员维罗尼卡介绍给马雅可夫斯基。

　　马雅可夫斯基当时正在眷恋着在法国的塔吉雅娜，没有注意这位女演员。他提着手杖，叼着香烟，戴着鸭舌帽，穿着风衣，漠然地在聊天。维罗尼卡看出他在这些人当中不仅身材要高出一头，而且声音也要比别人响上一倍。

马雅可夫斯基想起他访问巴黎时，莉丽娅写信让他收集一些外国新闻纪录片。现在他恍然大悟，原来是为了这个少女参加拍片用的！

他还记得莉丽娅曾来信介绍该片内容，他读后觉得十分有趣。他还听到国际工人援助会电影制片厂的其他同志对该片的好评。他祝愿维罗尼卡演出成功。

那天，在赛马场上，大家商定晚上去卡达耶夫家聚会。马雅可夫斯基对维罗尼卡说：

"我有车，晚上我到艺术剧院去接你。我们一起去卡达耶夫家。"

演出后，维罗尼卡准时在门口等候马雅可夫斯基。可马雅可夫斯基根本就没有露面，他到一家旅馆打台球去了。

晚上，大家正在卡达耶夫家玩得高兴时，马雅可夫斯基突然来了。

天真的维罗尼卡问马雅可夫斯基："您让我等您，可是您为什么没有来接我呢？"

马雅可夫斯基望着这位可爱的少妇说："一个人在生活中有时会遇到一些无法逆转的情况。希望您别埋怨我……"他继而反问维罗尼卡："您的变化怎么这么大？早晨在赛马场上您像个丑八怪，现在——这么漂亮……"

几句带刺的对话，反而使他们俩一下子熟了起来。

马雅可夫斯基邀请维罗尼卡第二天再见面。她没有拒绝。从此，马雅可夫斯基亲切地称维罗尼卡为"诺拉"，并让维罗尼卡以"你"相称或者叫他"沃洛佳"。这怎么能行呢？维罗尼卡比马雅可夫斯基小十六岁。她把马雅可夫斯基看成是自己的师长。她始终尊称马雅可夫斯基为"弗拉基米尔·弗拉基米罗维奇"或"您"，甚至他们的关系非同一般时，她仍然如此。

维罗尼卡认识马雅可夫斯基之后，就觉得他心头有一种压抑感。他的脸色总是阴沉的。她想逗他高兴、愉快、欢欣，可是全然办不到。她不知道马雅可夫斯基忧郁的背景，而马雅可夫斯基也不肯把烦心的事告诉这个年轻的女人。维罗尼卡和马雅可夫斯基在一起时，文化生活上可以不断得到充实，所以她也想满足马雅可夫斯基的一切要求，当马雅可夫斯基请她出去玩时，她从不拒绝。

维罗尼卡有一颗赤诚火热的心。她的体贴、温存与抚爱渐渐融化了马雅可夫斯基脸上的冰霜。她终于看到马雅可夫斯基开心地笑了。

那是一个傍晚，街灯昏暗，马雅可夫斯基步行送维罗尼卡回家。他们这一天玩得蛮开心。当他们走到广场上时，马雅可夫斯基突然兴高采烈地跳起玛祖卡舞来。这个像头熊的大高个儿跳得非常滑稽可笑。

维罗尼卡也许还不太清楚，点燃起马雅可夫斯基胸膛里爱恋之火的正是她。

二

炎热的夏天过去了，莫斯科街头的菩提树披上金色的秋装。首都演出季节开始了。文艺界的斗争随着党内激烈的政治斗争也愈演愈烈。好斗的马雅可夫斯基虽然精力不如当年，但他仍旧不肯放过任何一场重大的文艺辩论。他认为文艺的现状要求文艺工作者必须反对不问政治的倾向，必须和社会主义建设同步前进，必须站在阶级斗争的第一线。那时，拉普自命为官方的代表，动辄抡起极"左"的大棒教训人。他们把非无产阶级出身的文艺家一概视为异己，即使观点一致也只能算是个"同路人"。马雅可夫斯基愤愤不平，他认为自己是真正的革命文艺工作者，而拉普只配作他的"同路人"。斗争发生在文艺的各个领域里。马雅可夫斯基需要朋友，需要支持，需要在斗争之后吐露郁闷的心情。他打电话给维罗尼卡，约她晚上见面。

维罗尼卡是职业演员，觉得自己能在著名的莫斯科艺术剧院工作是很不容易的。她珍惜导演分配给她的任何一个角色，总是全力以赴。尽管空闲时间不多，但她尽可能去跟马雅可夫斯基会面，有时也难免失约。还有两次，她带着扬申一起去。她每次见到马雅可夫斯基，总发现他疲劳不堪。跟扬申在一起时，还会发现他脸上掩饰不住的内心辛酸。

有一次，马雅可夫斯基把讨论《澡堂》一剧的情况告诉维罗尼卡。他说："只有我死后，他们才会说，死了一位多么出色的诗人啊！"维罗尼卡不愿意听这类话，但又不能不听。

他们终于有了一个共同的假日。两人约好一同去赏雪。他们来到了郊外，似乎在大自然中忘掉了他们在城市中的烦恼。他们在原野里尽情奔跑，追逐，甚至躺在雪中翻滚。他们又回到了天真无邪的童年。休息时，在一块洁白的雪地上，马雅可夫斯基拾起一根枯枝，画了一颗心，心上穿了一支箭。这是爱的标志。马雅可夫斯基在心上又写了两个名字："诺拉—沃洛佳。"维罗尼卡立刻明白了。心——画在雪地上，但马雅可夫斯基的情——铭刻在她的心上。

马雅可夫斯基邀请维罗尼卡到他家中去小坐。维罗尼卡以为去根德里科夫胡同呢，没想到他把她带到另外一个地方。卢比扬卡，四楼。小屋。这是马雅可夫斯基的写作室。她第一次知道马雅可夫斯另有工作场所。从此这儿便成了他俩幽会的地方。

维罗尼卡听马雅可夫斯基坦率地讲述自己的爱情经历：青年时代，标榜自己是未来主义者的他，在敖德萨认识了一个姑娘叫玛丽雅……后来，他在彼得格勒爱上了勃里克的夫人莉丽娅，这事已经无人不知，他们甚至长期住在一个套间里，他因为莉丽娅曾两次企图自杀……最后，在法国同塔吉雅娜恋爱，打算跟她结婚，可是未能实现……如今又跟她相爱了。维罗尼卡刚认识马雅可夫斯基时，就有人提醒她说："对于女人马雅可夫斯基是个无赖，是个流氓。"她也曾警惕过，防备过，回避过，可是日子一长，接触频繁，她发现马雅可夫斯基不像某些人所说的那样，她在他粗暴的外表下面发现了一颗善良的、多情的心。他不装腔作势，不虚伪奉承。她爱他的粗野与才华。她献身于他，没有一点儿悔恨，完全出于自愿。他爱她，疯狂、热情；她爱他，炽烈、赤诚。

不过维罗尼卡始终有个顾虑：莉丽娅将会怎样对待他们的关系？

每当大家聚会时，维罗尼卡免不了偷偷观察莉丽娅的表情和举动，谛听她讲话的潜台词。她从未发现莉丽娅表现出丝毫的不悦，相反，她觉得莉丽娅大度，对她如对晚辈，毫无嫉妒之意。维罗尼卡甚至知道，莉丽娅已经察觉到了她与马雅可夫斯基的关系时，仍然置若罔闻。

马雅可夫斯基始终对莉丽娅怀有深情。那不仅仅是爱。马雅可夫斯基对莉丽娅体贴、关怀，听从她的话，甚至是挑剔的话。每当马雅可夫斯基从外地归来，他总会给莉丽娅带回许多礼物。只要莉丽娅从外地回家，马雅可夫斯基总要给她准备很多鲜花。敏感的女人的心提示维罗尼卡，马雅可夫斯基无论怎样追求她，他永远离不开莉丽娅。莉丽娅在马雅可夫斯基的心中永远占据着首席。莉丽娅深知马雅可夫斯基对女人的态度，她有时也放纵马雅可夫斯基追求其他女人，但只能以不破坏他们两人的关系为限。

1930 年 2 月，莉丽娅和奥西普出国去了。马雅可夫斯基患流行性感冒，一个人在根德里科夫胡同的家中一连躺了好几天。他求维罗尼卡天天去看他。维罗尼卡一来，他那阴沉的心情立刻就会有所变化。维罗尼卡亲切热心的照料，使马雅可夫斯基很快恢复了健康。马雅可夫斯基下床外出的第一天，精神抖擞地去看望维罗尼卡，并献上一束鲜花。

"诺拉，这是我从最健康的卖花人那里挑选来的。你尽管放心地享受吧！"维罗尼卡接过鲜花，发现花中夹着一张白纸，上面是马雅可夫斯基的字迹，原来是首诗:《献给亲爱的小诺拉》。

　　女大夫同志

　　　　　　请接受我的敬意。

　　你让我摆脱了

　　　　　　要命的感冒和

　　　　　　　　　喷嚏。

三

马雅可夫斯基恨不得天天能见到维罗尼卡。他不肯放过任何一次跟她会面的机会。

维罗尼卡有演出任务，未能出席马雅可夫斯基的"二十年工作"展览开幕式,但她答应散戏后一定赶来。展览会已经到了闭馆的时刻,观众纷纷散去,马雅可夫斯基独自一人留在展览厅里。他在等,等。夜幕已降临,维罗尼卡匆匆来了。疲劳一天的马雅可夫斯基见到刚刚卸了戏装的维罗尼卡,两人精神都振作了起来。马雅可夫斯基兴致勃勃地陪同维罗尼卡观看每一件展品,认真地为她讲解。他是那么希望维罗尼卡了解他,了解他一生的工作。维罗尼卡向他打听开幕式的盛况。马雅可夫斯基伤心地说:

"诺尔卡,开幕式上人很多,但都是青年人……"他迟疑了片刻,接着伤心地说:"可是你想想,一位作家也没有来!……一位作家也没有来!……他们还算是同志呢!"马雅可夫斯基不愿意再回忆那不愉快的时刻,便转了话题:"诺尔卡,我想让你认识认识我的母亲……她明天来参观……你能来吗?"

"能。"维罗尼卡爽快地答道。"我明天一定来。"她很想见见马雅可夫斯基的母亲。她知道马雅可夫斯基敬爱他的母亲,总是按时去看望并送钱给她。母亲虽已年迈,但非常关心儿子的事业。维罗尼卡非常高兴,终于有了机会能认识这位亲人了。

莫斯科戏剧工作者组织了自己的俱乐部,2月25日举行开幕典礼。首都戏剧界名流都到场。马雅可夫斯基和扬申、维罗尼卡也应邀出席。所有桌子都已被人占据,他们三个人便挤在艺术剧院几位演员的桌旁。客人们用羡慕的目光望着这张桌子:诗人马雅可夫斯基在他们中间。祝贺过程中,主持人邀请马雅可夫斯基朗诵诗。马雅可夫斯基慢腾腾地站起来，走向舞台。他没有按主持人的要求朗诵《好！》，而是朗诵了新作《放开喉咙歌唱》。当马雅可夫斯基回到桌前时，他对维罗尼卡说："我愿给您再朗诵《放开喉咙歌唱》的第二个抒情序。"他看了一眼桌前的扬申和艺术剧院的其他演员，觉得他们在场有些多余。于是加了一句"等有机会再读吧！"

机会很快就来了。

那天晚上，卢比扬卡小屋里只有他们两人。马雅可夫斯基为她朗诵一首又一首情诗。但都是献给别人的。最后他说给她读一读《放开喉咙歌唱》第二个序的片断。

"这个序还没有写完。"他说着便深情地读道：

爱——不爱。

我在折弄手，

然后把掰掉的手指头

一根根扔掉。

俄罗斯人有一种迷信游戏，为了证明一个人爱或不爱，常常采一朵花，然后把花瓣一片一片地揪下来，揪下第一片就是"爱"，揪下第二片就是"不爱"，最后揪下的那一瓣就是结果，是爱或是不爱。

"诺尔卡，这是写给你的……"马雅可夫斯基不等维罗尼卡反应，又朗读下去：

> 揪下迎面遇见的野菊花
>
> 揪花瓣，
>
>   猜命运，
>
>   扔向五月的天地。
>
> 让理发，
>
>   让刮脸，
>
> 暴露出光秃的头顶。
>
> 让年龄
>
>   带来大量的银丝
>
>   发出惊人的声响！
>
> 我期望，
>
>   我相信：
>
>   可耻的慎重
>
> 永远不会
>
>   出现在我的身上。

  那天晚上，马雅可夫斯基似乎把自己的心掏给了维罗尼卡。他说："诺尔卡，你知道我对你的态度。我还想写诗献给你。可是……"他在思考，"可是……我已写了那么多的情诗，似乎把话已经说尽了……"

维罗尼卡笑了，天真地反驳道："我不相信说一次能够说尽所有的话。我觉得如果真正相爱，那么对每一个人都会有新的态度，都会有新的话……"

马雅可夫斯基在想，整个民族都在艰苦奋斗，国家很穷，社会主义建设需要的东西太多了：钉子、贷款……诗人这时不能讴歌风花雪月，不能讴歌妇女。但，过不了多久，他会以最热烈的语言，再讴歌最真挚的爱情……

马雅可夫斯基每天忙于讲演，做报告，写广告诗，修改剧本。到了晚上，到了疲倦的时候，他就想到朋友，想到亲人。他希望这时能见到维罗尼卡，就她一个人，不带她的扬申。他希望维罗尼卡每晚能陪伴他，不要去剧院。

马雅可夫斯基终于明确地向维罗尼卡提出：要跟她结婚，要她离开扬申。维罗尼卡早有准备，所以她表示同意，但不能马上离婚。她必须向扬申认认真真地做一次解释。

"能实现吗？我可以相信吗？我能够这样想吗？我可以为此做一切必要的准备吗？"马雅可夫斯基连珠炮似的追问。

维罗尼卡一边点头，一边毫不含糊地告诉他："可以。当然可以。你可以这么想，也可以这么做！"

从此"可以这么想，可以这么做"成了马雅可夫斯基的口头禅，成了只有他们两人才明了的暗语。马雅可夫斯基不管在什么时候，在什么场合，总会跟维罗尼卡讲这句话。看见她点头或听到她肯定的回答时，他就像是得到了最大的安慰。

　　马雅可夫斯基真的开始"这么做"了。他向民宅建筑合作社付了一笔款，定了一个套间，准备安置新房。他很满意，这套房子就在艺术剧院的对面。

　　从那以后，每当维罗尼卡离开马雅可夫斯基的写作室之前，他总要留点东西作"抵押"。维罗尼卡的戒指呀，手套呀，手帕呀。有一次，他把一条方围巾对角剪开，变成了两个三角体。他将一半交给了她，另一半留给自己。留给自己的那一半，他挂在台灯上。他说："一看见这块三角巾，写作就顺手，我就感觉到你在我的身边。"

　　有一次，马雅可夫斯基与维罗尼卡在一起玩牌，维罗尼卡输了，马雅可夫斯基罚她送他几个酒杯。她送给他一打。酒杯很脆，一个个打碎了，最后只剩下一对。马雅可夫斯基有些迷信。他说："这两个完好的酒杯象征着我和你，如果再碎一个，那就证明我们的爱情碎了，我们就得分手。"从此马雅可夫斯基总是小心翼翼地洗这两个酒杯，唯恐再碰碎一个。

　　《澡堂》首演失败。报刊上出现了一篇又一篇批评文章。拉普骨干分子叶尔米洛夫的文章更令马雅可夫斯基气愤。这些事刺激他的神经，恶化他的病情。维罗尼卡迟迟不跟扬申离婚，也使他不满意。维罗尼卡想让马雅可夫斯基安静一下，有意减少跟他的接触，甚至回避他。有一天，她说自己有事，没去看他，却跟朋友看电影去了。被马雅可夫斯基发现以后，在卢比扬卡小屋中对维罗尼卡大发雷霆，说他忍受不了别人的欺骗，他永远也不能原谅她，说他们的关系从此一刀两断。他把留作"抵押"的东西一件件退还给她。马雅可夫斯基越说越气，他站起来，在小屋里踱来踱去，走到桌前，说："今天早晨又打碎了一个酒杯。就是说，命该如此。"他拿起仅剩的一个酒杯，摔在墙上。酒杯碎了，维罗尼卡的心也碎了。她没有想到马雅可夫斯基会如此侮辱她。马雅可夫斯基还不停地讲着不堪入耳的粗鲁话，但维罗尼卡已听不进去了，她全身发抖，失声痛哭。也许凄惨的哭声使马雅可夫斯基冷静下来。他走到维罗尼卡的面前，求她原谅。

两人和解了。

电影事件之后，马雅可夫斯基几乎天天给维罗尼卡打电话，甚至一天几次。扬申过去不太注意自己的妻子和马雅可夫斯基的关系，这时也不满意起来。维罗尼卡陷入窘境。

马雅可夫斯基有位助手拉乌特，他负责安排马雅可夫斯基的演讲活动，从 1926 年开始已有三年的时间了。他一般都在上午 10 时以后给马雅可夫斯基打电话联系工作。

4 月 11 日上午，他又给马雅可夫斯基打电话，后者不在家，接电话的是家庭女工帕莎。拉乌特请她转告马雅可夫斯基，今天在莫斯科大学分校有他的演讲，请她记下时间与地点。帕莎说："他知道今天有演讲。"

莫斯科大学分校的大厅里坐满了人，演讲人却一直没到场。一个小时过去了，还不见马雅可夫斯基的影子，便派人去接他。离根德里科夫胡同不远的地方看见了马雅可夫斯基的"雷诺"牌汽车，去接的人追上去。马雅可夫斯基和维罗尼卡在车中，他说他不知道今天有演讲。约定好演讲而不去，这是他一生中的第一次。

他正在跟维罗尼卡进行长谈。两人在气愤中分手。

那一夜，马雅可夫斯基与维罗尼卡都很难过，都没能安稳地睡觉。

四

12日早晨，拉乌特来到马雅可夫斯基家商量报告改期的事。马雅可夫斯基身体不适，躺在床上。床头有张椅子，上面放着纸张。他在写什么。拉乌特向他走去时，马雅可夫斯基说："不要靠近我，您会被传染的。"他边说边把纸翻过去。

拉乌特感到奇怪。马雅可夫斯基到外地出差患病时，他都在场，马雅可夫斯基从未讲过这类话。他在写什么？为什么今天他不愿意让人靠近呢？

马雅可夫斯基又拒绝讲演："我不想讲演了。身体不舒服。您明天再来个电话。"

当天，拉普通知马雅可夫斯基一定要到机关去谈一次话。谈话进行得很不愉快，马雅可夫斯基阴沉沉地离开会场回到家中，锁住了门。

他躺在床上继续写早晨开始的信。写完了。松了一口气。

往剧院给维罗尼卡挂了个电话，说他心情极坏，只有她能够安慰他。维罗尼卡有日场演出，答应演出后去看他。她刚要挂上电话，又听到马雅可夫斯基急促的声音：

"诺拉，我给政府写了一封信，信中提到了您，我把您看成是我的家属，您不反对吧？……"

维罗尼卡不知道他讲的是什么意思，便回答道：

"天哪，弗拉基米尔·弗拉基米罗维奇，我不明白您说的是什么事！您愿意在什么地方提我，就提好了！"

马雅可夫斯基放下电话。今晚他准备跟维罗尼卡进行一次严肃的谈判，彻底解决两人的关系。他在笔记本上写下想谈的问题的要点：

1）如果爱——谈话顺心

2）如果不——越快越好

3）我第一次不为做过的事后悔，再有这种机会我还会这么做

4）处在我们这种关系的情况下我并不可笑

5）我的痛苦的实质是什么

6）并非嫉妒

7）真诚人情味
不能成为笑料

8）说话——我镇静

　　一天不过十时也见不到面

9）去乘电车不安电话她不在信步走去不应该有电影即
　　使没有米哈·米哈·[1]······没跟我通电话

10）何必在窗下讲闲话

11）我不会结束生命不会让艺术剧院这么得意

12）会有流言蜚语

13）三种见面方式如果我不对

14）乘汽车走

15）阻止闲话应当怎么办

16）马上分手或者明确发生的事

　　晚上，维罗尼卡来了。马雅可夫斯基按照提纲跟她谈。他
变得非常温柔。维罗尼卡让他放心，说她一定会成为他的妻子，
她已下定决心，她同时希望马雅可夫斯基容她再考虑一下怎样和
生活了五年的丈夫分手更为妥善。

　　两人又和解了。维罗尼卡提出一个马雅可夫斯基必须遵守
的条件：去看医生。她觉得他最近几天有些病态。

　　"您至少也得到休养之家去住上两天！"维罗尼卡恳求道。
马雅可夫斯基未作任何明确的表示。维罗尼卡在他的笔记本上注
上：13、14 日两天休息。

1　指扬申。

汽车来接马雅可夫斯基，他先把维罗尼卡送回家去，自己回到根德里科夫胡同。

晚上，马雅可夫斯基又给维罗尼卡挂电话，说他情绪好多了，过去的争吵主要怪他，还说，两人暂时不见面可能更好些。

五

最后一夜。

这是马雅可夫斯基在人世间的最后一夜。

谁能知道这是马雅可夫斯基的最后一夜呢？

这一夜他是和朋友们在卡达耶夫家中度过的。

上午拉乌特给马雅可夫斯基去电话，他不在家。中午马雅可夫斯基打电话通知拉乌特让他明天 10 时 30 分去他家。白天，马雅可夫斯基给维罗尼卡去过电话，邀她明天一起去看赛马，维罗尼卡要他守约：两天之内暂不见面。再说，她已约好跟扬申及艺术剧院的朋友一起活动。

马雅可夫斯基问她晚上有无时间，她说："有人请我们到卡达耶夫家去做客。不过，还没有决定去不去。"

晚上，维罗尼卡和扬申一起来到了卡达耶夫家。卡达耶夫当时是走红的小说家、剧作家。他的喜剧《无法解决的问题》在艺术剧院上演，轰动一时。扬申在那个戏里扮演重要角色，所以跟卡达耶夫很熟。

　　维罗尼卡与扬申跨进卡达耶夫的家门时，发现马雅可夫斯基已经坐在那里，而且喝得有些醉意。

　　马雅可夫斯基和卡达耶夫并排坐在一张大熊皮上。熊皮铺在一个衣箱上。马雅可夫斯基一眼看到维罗尼卡，便瓮声瓮气地说："我知道您一定会到这儿来。"话中有刺，也有泪。维罗尼卡一听，心中很不是滋味，这岂不是在盯梢吗？马雅可夫斯基也非常生气，你本来就决定来这儿，为什么要在电话中骗我？扬申眼看自己的妻子和马雅可夫斯基为一些令人怀疑的事吵嘴，颇为尴尬。再吵下去，他也会大闹起来。好在朋友们用一些笑话把他们的争吵冲淡了。

　　这一天的客人主要是艺术剧院的人，如演员利瓦诺夫、作家奥廖沙、画家罗斯金、记者列金宁等十来个人。马雅可夫斯基跟其中的大部分人并不熟，他来此地只为见一见维罗尼卡。

　　有人玩牌，有人聊天，精力旺盛的年轻人想跟马雅可夫斯基比试比试口才，显示自己的聪明机智。马雅可夫斯基毫无兴致，不管大家如何挑逗，他概不还口。

　　卡达耶夫觉得马雅可夫斯基今晚完全不像他平常的样子，更不像站在舞台上进行舌战的诗人。马雅可夫斯基跟维罗尼卡隔着桌子，相对而坐。维罗尼卡身穿淡红色短袖上衣，朝气蓬勃，像个运动员。马雅可夫斯基撕下一片糖盒上的硬纸，写了几个字扔给她。她也在纸片上写了几个字扔还给马雅可夫斯基。纸片飞来飞去，糖盒很快就让他们撕光了。马雅可夫斯基掏出笔记本，继续跟维罗尼卡笔谈。这是一场爱的决斗。

马雅可夫斯基突然说了一句："啊，上帝呀！"

维罗尼卡高兴地叫道："真想不到，世界翻了个儿！马雅可夫斯基在向上帝呼吁，信仰上帝了！"

马雅可夫斯基阴沉地回答："啊，我现在自己也弄不清我信仰什么！……"

马雅可夫斯基突然站起来，提着酒瓶，大踏步走进另一间屋子。维罗尼卡放心不下，也跟了过去。这里只有他们两人。她看着马雅可夫斯基无度地饮酒，心中很难过。她安慰他，抚爱他，却遭到他的训斥与侮辱。维罗尼卡顿时意识到马雅可夫斯基的不幸。也许他患了病？便原谅了马雅可夫斯基的无礼和粗暴。这时，马雅可夫斯基忽然声称要当众公开他们两人的暧昧关系，随后掏出手枪要自杀。突然又把枪口对准了维罗尼卡。维罗尼卡不愿马雅可夫斯基做出有损身份的行为，也怕自己变成一个可怜的被人瞧不起的角色，便决定告辞。

在前厅，马雅可夫斯基突然又变得温情脉脉了。他恳求维罗尼卡道：

"诺尔卡，请您摸摸我的头。您非常非常可爱……"

马雅可夫斯基身体不适已有一个月了。他在咳嗽。卡达耶夫劝他留下来过夜，他不肯。他一定要送维罗尼卡回家。同行的还有列金宁。维罗尼卡和马雅可夫斯基一起，扬申和列金宁一起。马雅可夫斯基走着走着，情绪又变得阴沉了，说非把一切告诉扬申不可。他喊扬申:"米哈伊尔·米哈伊洛维奇!"

扬申问:"什么事?"

维罗尼卡真怕现在把事情闹翻了。可是马雅可夫斯基又改了口:"没什么,回头再说。"

马雅可夫斯基把维罗尼卡与扬申送到家门口,说明晨八时他来接维罗尼卡去剧院。他又对扬申说,他明天有要事要告诉她。

六

1930 年 4 月 14 日早晨。

马雅可夫斯基走出根德里科夫的家。街上可以感受到春天的来临。林荫路上的草木已经吐绿。花畦中娇嫩的叶子映着早春的花朵。鸟儿欢快地唱着。马雅可夫斯基全无所感。他在附近的街口截住一辆出租汽车,直驱卡朗契夫斯卡雅街。

车在维罗尼卡的家门口停下来。马雅可夫斯基叩门。维罗尼卡已等了他半个小时。

"您的脸色怎么这般难看?"维罗尼卡关切地问。

马雅可夫斯基没有回答。红肿的眼睛望着她:"你跟我到小屋去一趟。我有话跟你说。"

"您瞧,今天的阳光多美。莫非您今天又产生了昨晚的糊涂念头?"维罗尼卡语气温和地问他,唯恐伤害他的自尊。"把乱七八糟的事都忘掉吧……您能做得到吗?……"

"我感觉不到什么阳光，我现在没有那种闲情逸致。我已放弃了昨晚的糊涂念头。我明白了，为了母亲我不能那么做。再说，我的事与任何人都无关。嗯……"马雅可夫斯基停顿了一下。"……这些事还是到家里再说吧……"

维罗尼卡再次告诉马雅可夫斯基，10时30分她必须赶到剧院。维罗尼卡那天确实要参加排演《我们的青春》。老导演聂米罗维奇－丹钦柯要亲自检查排演的情况。他一向是严守时间的。剧本是根据维克多·金的长篇小说《在那一边》改编的。维罗尼卡第一次在这出戏里得到扮演一个稍有分量的角色的机会。她无论如何要得到老导演的肯定。

马雅可夫斯基答应准时把她送回剧院。当出租汽车来到根德里科夫胡同时，他没有马上付车费，让司机在门口等候。他们慢慢登上四楼。住户几乎都已去上班，没有遇到什么人。这是他们所熟悉的楼梯，他们所熟悉的筒子楼，一共有六个房间，其中之一就是马雅可夫斯基的写作室。他们在那里度过多少个愉快的夜晚。他们还准备从这儿搬到作家公寓去成立新家呢。

到了屋里，维罗尼卡再次提醒马雅可夫斯基，说她必须准时赶到剧院。

马雅可夫斯基顿时火了：

"又是那该死的剧院！我讨厌它，让它见鬼去吧！我不能再这么忍受下去了。我不放你去排戏。一句话，今天我不让你走出这间屋子！"

他三步并成两步走到门前，咔嚓一声把门锁住。然后把钥匙放进了衣袋。

他坐在维罗尼卡面前的地板上，失声痛哭。

偏偏这时有人敲门。

马雅可夫斯基站了起来，开了门。是送书的人。送书的人发现自己来的不是时候，把送来的几本《列宁文集》放在桌子上，就匆匆走了。

马雅可夫斯基不想再拖延时间，不希望再有人来打搅，便单刀直入地讲出自己的想法：

"你从现在起，就留在这里，这间屋子里，不用对扬申作任何解释。也不用等待新房子。"

"你必须马上离开剧院。今天不用去排戏。我亲自到剧院去告诉他们，从此以后再也不去剧院了。"

"剧院没有你垮不了。"

"我去跟扬申解释。我再也不让你去跟他谈。"

"你家里有什么东西，这里一件也少不了。你的生活，从最重大的事，到最琐碎的小事，如袜子上的褶皱之类，通通由我来细心照料。"

"请你不要担心我们年龄上的差异。我会变得年轻、愉快。"

"昨晚的行为令人厌恶，我保证从今以后再也不发生这类事。"

"瞧，我已把昨晚在笔记本上写的互相埋怨的对话，全部销毁了。"

马雅可夫斯基的话使维罗尼卡深受感动。她相信他，但她不能完全照办。她想起和自己生活了五年的扬申，想起自己酷爱的戏剧事业，于是说道："我爱您。将来我一定和您生活在一起。但是我怎能不对扬申说一句话就留在别人的身边呢？我爱他，我尊敬我的丈夫，我不能不辞而别。

"我也决不能离开剧院，永远离不开。难道您不明白，如果我离开了剧院，辞掉了工作，那么在我的生活中就会出现一个无法弥补的空白。这首先会给您带来巨大的困难。

"当一个人在生活中尝到了工作的甜头，而且这工作又是如此有意义，我不能只当自己丈夫的贤妻，即使这位丈夫是马雅可夫斯基这样的大人物。所以我必须去参加排戏，而且我一定要去，然后回家，把一切告诉扬申，晚上到这儿来，以后再也不回去了。"

马雅可夫斯基不同意。他固执己见。他要求或是当机立断，或是一刀两断。维罗尼卡再次向他苦苦哀求："这做不到。"

"这么说，你非去排戏不可？"

"是的，非去不可！"

"你还要跟扬申见面？"

"是的。"

"噢，是这样啊！好吧，你走开，走开，立刻走，马上走……"

维罗尼卡看到马雅可夫斯基又火了，便耐心地说：

"二十分钟以后我再走。现在去早，还不到排戏时间。"

"不，不，你马上走。"

"晚上能见到您吗？"维罗尼卡亲切地问。

"不知道。"马雅可夫斯基气呼呼地回答。

"下午五点钟您总能给我挂个电话吧？"

"行，行，行。"

马雅可夫斯基在屋子里翻弄了一阵，走到写字台前，他背向维罗尼卡。维罗尼卡觉得他撕下了台历上的 13 日与 14 日。

"您不准备送我走吗？"维罗尼卡胆怯地问。

马雅可夫斯基走到维罗尼卡的跟前，吻她，然后心平气和地说：

"不，小姑娘，你自己走吧……你不必替我担心……"

马雅可夫斯基的声音非常温柔，莞尔一笑，又加了一句：

"我给你挂电话。"

维罗尼卡转身刚迈了一步，马雅可夫斯基追问道："你有车钱吗？"

维罗尼卡想起出租汽车在楼下已等了半天，车费少不了，而她却没有带多少钱，便说她没钱。

马雅可夫斯基从自己的衣兜里掏出钱包，取出二十卢布递给她。

"您一定给我打电话？"

"是的，是的。"

维罗尼卡开门走出房间，向大门走去，忽然听到小屋里一声枪响。

她吓得两腿都软了。

当她勉强再回到小屋时，发现马雅可夫斯基已躺在地毯上，两只胳膊张着，左手握着勃朗宁手枪，胸口上有一块血迹。他的身上还飘浮着淡淡的烟雾。

维罗尼卡扑了过去，一味地叫喊：

"您干吗这样呀？干吗这样呀？"

马雅可夫斯基像是在望着维罗尼卡，像是要说什么，像是要抬起头来……

转眼的工夫，马雅可夫斯基那双炯炯的大眼睛失去了光泽。

时钟指着 10 时 15 分。

七

在春光明媚的 4 月天，马雅可夫斯基走了。

带走了对妈妈和两个姐姐的怀念。

带走了对莉丽娅的恳求。

带走了对维罗尼卡的炽热的爱。

他还带走了对壮丽的共产主义事业的信念和没能跟拉普分子斗争到底的遗憾。

他留下一份绝命书。这是两天以前就写好的。

致大家：

我现在死，不要责怪任何人，更不要制造流言蜚语。死者生前对此极其反感。

妈妈，两位姐姐，同志们，请原谅我——这不是个办法（我不建议别人这么做），然而我没有别的出路。

莉丽娅——爱我吧！政府同志，我的家属——有莉丽娅·勃里克、妈妈、两位姐姐和维罗尼卡·维托丽多芙娜·波伦斯卡娅。

如果你们能为他们安排一种过得去的生活——那就谢谢了。

请把我着手写的一些诗稿交给勃里克他俩，他们会搞清楚的。

正如常言说——

　　　　　　"意外的事已经结束"，

爱情的小舟

　　　　　　在繁琐生活上撞得粉碎。

我与生活已经结了账，

　　　　　　　　没有必要再重提

彼此间的痛苦、

　　　　　不幸

和委屈。

祝生者幸福。

弗拉基米尔·马雅可夫斯基

1930 年 4 月 12 日

瓦普[1]的同志们，别以为我胆怯。说真的——没有办法。敬礼。

请转告叶尔米洛夫，把标语摘掉了——是件憾事，应当对骂到底。

弗·马

我抽屉里有 2000 卢布——请代缴税。

其余的可到国家出版社支取。

弗·马

看来，诗人不希望大家再议论他的死，他在绝命书中似乎不想有任何隐瞒，什么事都公诸于世了。其实不尽然。他有难言之苦。

他走了，"与生活已结了账"，可是在他所爱的女人的心中却留下永远不能愈合的伤痕。

1　即全俄无产阶级作家联合会。马雅可夫斯基这里指的就是"拉普"。

旋风情

——叶赛宁与邓肯的爱情故事

当叶赛宁跟意象派诗人打得火热，当他彻底泡在莫斯科的小酒馆里，当他跟莱伊赫分手的痛苦还咬啮着他的心的时候，莫斯科传开了一个惊人的消息，世界著名舞蹈家伊莎多拉·邓肯（1878—1927）放弃了在资本主义社会里阔绰的生活，到贫困的年轻的苏维埃国家来办舞校。

一

邓肯以其非凡的舞姿，尤其以她后来大胆创新的精神，赢得很多有胆量的人的钦佩。最著名的政界人士观看她的表演，给予高度的评价，最著名的文学艺术家以歌颂她为荣，最著名的音乐界都愿意跟她同台表演。她在欧美已成了近似神话般的人物。有人把她誉为"圣洁的伊莎多拉"，甚至传说只要把病人抬进她的剧场，病就会痊愈。不少观众怀着虔诚的宗教式的信念来看她的演出。但也有人咒骂她是"疯女人"。

邓肯对生活，对婚姻的观点与众不同。因此，关于她的爱情经历有不少毁誉参半的传说。她自己在自传中说："我一直忠于自己的爱人。事实上，如果他们对我忠实的话，我也许从来不会主动地离开他们之中的任何人。因为只要我爱过他们，我现在还爱他们，而且永远爱下去。如果说我离开的人很多；那只能怪男人的感情易变，只能怪命运的残酷无情。"

邓肯根据希腊罗马古瓶上的图画，研究出古代舞蹈的特性。她努力恢复古代舞蹈传统，表现人体的和谐、自由的动作和优美的造型。她在西欧多次试验创办一个革新的舞校，遭到舞蹈界传统派顽固势力的反对。沙皇时代，她到俄国来过两次，她的期望同样没有实现。

1907年1月，她第一次访问俄国，带着二十个小学生进行巡回演出，试图说服有权有势的人在彼得格勒创办以她的理想为指导的舞校。尽管很多人对她的主张表示支持，但未能成功。1913年1月，她与音乐家亨纳·斯基恩再次到俄国进行巡回演出，再次做这种尝试，还是未成。她发现在俄国建立一个提倡人体自由动作的学派还不到时候。

十月革命胜利后，邓肯在国外会见了苏维埃政府的人民教育委员（相当于后来的文化教育部长）卢那察尔斯基，向他宣传自由的舞蹈精神与苏维埃俄罗斯的精神是一致的，只有俄罗斯才会成为用金钱收买不了的艺术的祖国。她建议在苏联创办革新的舞校。卢那察尔斯基对此极感兴趣，回国后请示列宁，获得同意。于是，1921 年春，苏联政府向邓肯发出正式邀请电：

> 欢迎速来，将为您建立舞校。

邓肯在离开伦敦前往苏俄首都之前，算过一次命。算命人说："您决心要做一次长途旅行，一定会有许多新奇的经历，也会遇到麻烦，您会结婚……"邓肯一听到"结婚"这个词儿，忍不住大笑起来，她一向反对结婚。她想，我怎么会结婚呢！算命的人说："走着瞧吧！"

邓肯没有料到，她到俄国后不到一年，便陷入与叶赛宁旋风式的热恋中，接着两人真的结为夫妻，不过一年之后又离异了。

邓肯带着她的养女伊尔玛和助手从伦敦启程，她热情洋溢地写道：

> 当轮船向北方行驶的时候，回头眺望我丢下的资产阶级欧洲的旧制度、旧习俗，不禁感到轻蔑和怜悯。从今以后，我就要在同志们中间，作为一个同志，实现我为人类的这一代人工作的宏伟计划了。那么，再见吧，你那使我办不成学校的旧世界的不平等、不公正和残酷无情！

> 当轮船最后到达目的地时，我的心高兴得快蹦出来了。这一次我的欢欣是为了美丽的新世界！是给予这个同志们的新世界！释迦牟尼头脑中曾经孕育的梦想，基督讲话中

曾经传播的梦想，曾为伟大的艺术家们最终向往的梦想，列宁以他巨大的魔力变为现实的梦想，都在这里了。我现在正在进入这个梦想，我的工作与生活将成为它的辉煌灿烂前景的一个组成部分。

旧世界，别了！让我欢呼新世界的来临！

苏俄政府把莫斯科坡列奇斯金卡街上的一栋楼房拨给邓肯作为校址，并派了一名戏剧工作者施奈德协助她工作。[1] 邓肯全力以赴投入工作，招生、选拔、分班，然后是训练基本功，排练新节目——《红旗舞》《国际歌》等等。

邓肯的教学工作备受苏联政府的重视。列宁关切地讯问过她的教学情况，卢那察尔斯基等领导人也多次亲临舞校视察。她本人甚至提出了加入苏联国籍的申请。

十月革命胜利四周年的盛大节日到来了。莫斯科大剧院举行隆重的庆祝会。会后由邓肯率领她的新舞校的一百五十名学员演出。在柴可夫斯基的《第六交响乐》和《斯拉夫进行曲》的乐曲声中表演了崭新的舞蹈。在《国际歌》的乐曲声中，邓肯披着红纱巾赤脚奔向舞台，高大的身躯动作却异常轻盈，一场情绪激昂的富有革命精神的表演，博得全场掌声雷动。掌声不停。一次又一次谢幕。卢那察尔斯基不得不登上舞台跟大家说："全场若

1　施奈德后来成为该校校长，并与伊尔玛结婚。

能以合唱相助，伊莎多拉·邓肯愿重演《国际歌》的最后一节舞蹈。于是，全场起立，歌声回荡在大厅中，列宁和全场人一起引吭高歌，邓肯再次表演了深受劳动大众欢迎的舞蹈。

二

邓肯和她的舞蹈很快成了文艺界热烈谈论的话题。有人很想知道这位有些发胖的女人，在舞台上翩翩起舞时显得那么灵巧，究竟有多大年龄？有人说：无事不知的大英百科全书都弄不清她的准确年龄。

邓肯 1921 年来到莫斯科时已经四十三岁。她的生活历程中奇遇颇多。她与几个男性同居过，生过一男一女。女儿有舞蹈才华，但不幸的是两个孩子在法国乘汽车坠入塞纳河淹死了。邓肯很爱孩子，儿女的死在她心灵上留下难以愈合的创伤。有时，她在街上遇到相貌像她的儿子的孩子，便会止步跪下，亲切地抚爱他。

那年秋天，莫斯科舞美画家雅库洛夫在自己的创作室里组织了一个小型晚会，参加者都是文艺界名流。雅库洛夫与邓肯的助手施奈德相识，通过他的关系也邀请了大家很想认识的邓肯。

夜深时，邓肯来了。她一到场就被很多人包围起来。主人把她请到另一间屋子去聊天。突然有人大喊大叫地冲了进来："邓肯在哪儿？邓肯在哪儿？"叶赛宁身穿灰色西装，蓝眼睛闪动着，露出憨厚的微笑，出现在邓肯面前。他的唐突举动立刻引起了邓肯的好奇与注意。两人马上亲近起来。

是什么吸引了这两位大艺术家？对叶赛宁来说，也许是这位舞蹈家的高超技艺和赫赫名声。对邓肯来说，也许她在这位比她年轻十六岁的金发青年身上发现了自己儿子的影子，或是他的自由莽撞精神惹起了她的喜爱。

出席聚会的人只见邓肯与叶赛宁在亲切地"交谈"。邓肯不懂俄语，但通晓法、英、德等语言。叶赛宁恰恰相反，除俄语之外他不会讲任何一种外语。他们怎样交流感情呢？用声音，用惊叹号，用表情，用手势……邓肯侧身躺在长沙发上，叶赛宁跪在她跟前。叶赛宁为她朗诵自己的诗，邓肯用手抚弄他鬈曲的金发，用别别扭扭的半通不通的俄语说："金……色……的……头……发……"用德语说："天才！"天快亮时，叶赛宁跟着邓肯去了她的住处。

过了一段时间后，叶赛宁就经常留宿舞校了。邓肯对叶赛宁非常关心，处处流露出一种近似病态的爱，也许是一种母爱。有一天，叶赛宁多日没有露面，邓肯便四处寻找，她在一个朋友家里留下这么一张纸条："别以为我心中燃烧的是少女的情火，不是的，这是一种忠诚和慈母的关怀。"

邓肯发现叶赛宁没有表，便买了一块金怀表赠给他。她还把自己的照片镶在后盖里。这个珍贵的礼物使叶赛宁非常高兴。他像个孩子似的喜欢在朋友面前炫耀这块金表，不时地把它掏出来看看时间，看看照片。没过几天，叶赛宁就当着邓肯的面把金表摔在地上。邓肯悲伤地坐在沙发上，呆呆地望着脚前的表的零件和照片。究竟为了什么？谁也弄不清楚。不过，邓肯没有丝毫怪罪他的意思。

三

邓肯准备到西欧北美去巡回演出。她决定和叶赛宁同行。为了旅途的方便，她要办理正式结婚手续。结婚登记处的负责人问他们婚后使用谁的姓时，两个人都表示要用重名：女的叫"邓肯－叶赛宁"，男的叫"叶赛宁－邓肯"。

1922 年 5 月 10 日清晨，邓肯与叶赛宁从莫斯科飞机场起飞，前往德国的柯尼斯堡。

叶赛宁第一次坐飞机，有些不安。邓肯特意为他准备了一篮子柠檬，以备晕机时吃。起飞前邓肯半认真半开玩笑地写了一份遗嘱，说她倘若遇难，她的继承人便是她的丈夫叶赛宁－邓肯。有人说，你们两人一起乘飞机，如果遇难也就彼此彼此了。邓肯考虑了一下，在遗嘱上又加了一句："倘若他也丧命，我的继承人便是我的弟弟欧吉斯特·邓肯。"这对新婚夫妇到了德国以后，又办了一次结婚登记，这样一来，他们一起旅行就方便多了。1922 年 6 月 21 日，叶赛宁从威斯巴登写信给他的一位朋友说："伊莎多拉第二次嫁给我，现在她已不姓邓肯－叶赛宁了，而改姓叶赛宁娜。"

他们先后访问了德国、法国、比利时、意大利和美国。邓肯举行演出，叶赛宁举行诗歌朗诵会。第一次朗诵会就招来了不少麻烦。

那是 5 月 13 日，在柏林《艺术之家》俱乐部。叶赛宁要求在场的人先跟他齐声合唱《国际歌》，然后再开始朗诵。跟随他唱的只有邓肯和几个同情者。场内，嘘声大作。叶赛宁跳到桌子上说："要比吹口哨，你们都不是我的对手。我把四个手指往嘴里一塞，你们就全完蛋了。没人能比我吹得更响。"他从来不怕吵闹，不怕捣乱，不怕谩骂，甚至不怕制造事端。最后事情发展到邓肯无法在德国演出了。叶赛宁不得不写信请求外交部人民委员李特维诺夫出面帮忙："劳您大驾，如果可能，让我们能够离开德以便去海牙，我保证举止文雅，在公共场所不唱《国际歌》。"邓肯在这封信上也签了名。

有一次，叶赛宁在一家酒馆里碰见几个逃亡国外的白卫军军官。他们如今当了酒馆侍者。他们煞有介事地责备叶赛宁，说他这个俄罗斯诗人怎么能跟布尔什维克混到一起。叶赛宁很不客气地训斥他们道："你们在这儿是侍者！做你们侍者应做的事，少出声！"叶赛宁不无得意地告诉他的朋友："我在柏林的确惹了不少祸，引起过骚乱……他们都以为我花的是布尔什维克的钱，把我看成是契卡分子或宣传员。这让我很高兴，我觉得这一切都很有趣。"他又说："不管我到什么地方，不管我和什么样的可疑的团伙坐在一起（有过这种时候！），为了俄罗斯我恨不得咬断他们的喉咙。我简直变成了一条狗，容忍不了他们对苏维埃国家的任何一句咒骂。他们也明白了这一点。长时间以来，我在他们当中，简直就是一个布尔什维克分子。"

叶赛宁与邓肯在国外期间，西方报刊有意突出邓肯贬低叶赛宁。有人甚至写道，叶赛宁是被一个古怪的公主带出来的一个"年轻的野人"。报刊上发表他们两人的照片时，常常只介绍邓肯，如："著名的伊莎多拉·邓肯和她的俄罗斯小丈夫。"有些报纸不但不介绍叶赛宁是个诗人，甚至连他的姓都不提。这非常伤害叶赛宁的自尊心。

到了美国之后，邓肯作为舞蹈家必须经常参加社交活动，出席宴会、舞会。她总把叶赛宁带在身边。邓肯的崇拜者们簇拥着他们，寒暄、碰杯。叶赛宁除了他自己的名字之外，一句话也听不懂。他自尊心强而多疑。主人本来是在祝贺他们，而叶赛宁却以为在挖苦他。有时，叶赛宁突然抓住邓肯的手说："伊莎多拉，回家！"邓肯不违抗，马上中途退场。主人常常感到莫名其妙，有的人以为叶赛宁泻肚，有的人以为他是个疯子。他们一回到旅馆，叶赛宁就掐住邓肯的喉咙追问："美国坏蛋们说了些什么？"邓肯不论怎么解释也无用，一则他听不懂，二则他不相信。邓肯回忆那段生活时，含着眼泪说："那可真是悲剧呀！"

在国外期间，叶赛宁与邓肯商定：回国后，将不再作为夫妻生活在一起。这是一个对双方都很残酷的商定，但无法怪罪任何一方，双方都有难言之苦。

叶赛宁是苏联作家中第一个访问美国的人。欧美之行使他发现了欧美精神生活的贫乏和科技的发达，他的观念有了变化，甚至影响了他后来的创作。回国后他再也没有描述贫穷落后的俄罗斯，而是努力讴歌新的俄罗斯。

四

1923 年 8 月，叶赛宁与邓肯经过一年零三个月的欧美之行后重返莫斯科。邓肯一下火车，就对施奈德说："我把这个孩子带回他的祖国来了，可是我和他已经没有一点共同的东西了……"而叶赛宁也不再露面了。邓肯十分难过。她的养女伊尔玛建议她到苏联南方疗养地基斯洛沃茨克去休养一段时间。临行前叶赛宁又出现了，一见到邓肯就说："我非常爱你，伊莎多拉……非常爱你。"他嗓音沙哑，有些颤抖。邓肯要求他三天以后和施奈德一起到基斯洛沃茨克跟她会合，这几天就留宿家中，不要再在外边过夜。叶赛宁借口有事，便搬走了，连东西也带走了。他拍电报通知邓肯说他不能去基斯洛沃茨克，如果邓肯去克里木，他将到那里去跟她会合。邓肯在苏联南方演出，情绪一直不好。她到克里木去等候叶赛宁。秋雨连绵，使焦急的心感到寒冷。

突然从莫斯科拍来一封电报。邓肯高兴地让随同人员给她

198

译出来，她相信叶赛宁马上就会赶来，可是她怎么也没有想到电报的内容和她的愿望完全相反："请您以后不要再给叶赛宁写信和拍电报。他现在跟我在一起。他永远不会回到您那里去了。嘉丽娜·别尼斯拉夫斯卡娅。"

别尼斯拉夫斯卡娅是谁？没有人听说过这个名字。他们决定拍电报讯问。回电是："电报内容谢尔盖知道。"邓肯与伊尔玛商量了一番，又拍出一封电报：

> 莫斯科。叶赛宁。彼特罗夫卡，鲍高斯洛夫斯基街，巴赫鲁申楼。
>
> 我收到的大概是你女仆别尼斯拉夫斯卡娅的电报，说以后不要再往鲍高斯洛夫斯基街寄信与拍电报。难道你改变了住址，请回电说明情况。非常爱你。伊莎多拉。

电报发出的当天，10月25日，她们就离开克里木返回莫斯科。邓肯当然收不到回电，但叶赛宁是回了电的：

> 我在巴黎时就告诉过你，回俄罗斯后我就走，你让我生气。我爱上了另一个女人，已经结婚，生活幸福……也愿你幸福。叶赛宁。

回莫斯科的路上，施奈德在一个火车站上买了一本《红色处女地》杂志。上边发表了叶赛宁的一首新诗。施奈德把它口译给邓肯听，她大叫道："这是他写给我的！"施奈德极力向她解释，诗的内容不像写给她的，但邓肯坚持自己的意见。后来大家都知道这首诗是献给米克拉舍夫斯卡娅的：

> 你和所有人一样，那么普通，
>
> 如同俄罗斯十万个其他人一样，——

回莫斯科后，邓肯变得消沉。她再也不提叶赛宁的名字，也不寻找机会跟他见面。演出季节到来了。邓肯编排了新的节目。施奈德为邓肯订购了一个大花篮。演出前，施奈德发现大花篮旁边摆着一个小花盆，孤零零地插着一枝花。他俯身一看，是熟悉的字体："叶赛宁献。"大舞台上放这么一盆花太难看了，于是他把叶赛宁的题词移到大花篮上。

邓肯正在表演。休息厅里传来了争吵声，原来是叶赛宁来了，他没有票，被服务人员拦住，他大喊大叫："我找邓肯！"

施奈德把叶赛宁接到后台去，从侧幕观看邓肯的表演。施奈德要求他千万不要出声，更不要向邓肯招手。倘若邓肯发现叶赛宁在台上，她什么事都干得出来。"她一看见你，就会跑过来的。"过了不一会儿，叶赛宁就控制不住自己，低声呼唤邓肯，被施奈德制止了。

《斯拉夫进行曲》表演完了，全场掌声雷动。她第二次谢幕后，发现叶赛宁在侧幕旁。她不顾观众还在鼓掌要求她出台，便奔过去紧紧搂住叶赛宁。观众还在鼓掌，但无法再启幕了。

他们从剧院一起回到舞校。邓肯抚摩着叶赛宁的手，劝他不要再喝酒。叶赛宁点头表示同意。可是不等晚餐结束，叶赛宁突然跳窗消失在黑夜中了。

> 可笑的生活，可笑的纷争，
> 如此过去，如此将来。
> 花园像坟墓处处是
> 被啃过的骨头般的白桦树。
>
> 我们也会如此凋谢
> 像花园的过客销声匿迹……
> 既然冬天没有鲜花，
> 那就不必为它们悲泣。

1923 年秋，叶赛宁与邓肯办了离婚手续。不久，邓肯就告别了她一度得到幸福又失掉幸福的国度。

五

当邓肯在国外得知叶赛宁不幸逝世时，立刻拍了一封电

报："请向叶赛宁的亲友转致我的深切悲痛与悼念。"她同时给
邓肯舞校负责人施奈德写了一封回信："叶赛宁去世，我悲痛万
分，痛哭多次，甚至想效仿他，但选用另一种方式——投入大
海……"据说邓肯在尼斯真的跳海自尽，但被人救了上来。

法国各种报纸就叶赛宁与邓肯的关系编造了不少有损于诗
人的奇谈怪论。在这种情况下邓肯给巴黎的几家报纸拍了一封电
报，以正视听：

> 叶赛宁悲惨地死去，我深感悲痛。他年轻、英俊、有
> 才气。他不满足于这些天赋，他那颗勇敢的心追求着不可
> 得到的东西。他消灭了自己年轻优美的肉体，但他的精神
> 将永远活在俄罗斯人的心中，活在所有诗歌爱好者的心中。
> 我对巴黎出版的一些美国报刊上的轻率说法表示抗议。我
> 与叶赛宁间从未发生过争执，我们从未分手。我怀着悲痛
> 与绝望的心情悼念他的死亡。

邓肯投海被救，但两年后却被自己的围巾给勒死了。1927
年，她在尼斯乘赛车兜风。车刚刚起动，她的红色围巾便绕在车
后轮上，越绕越紧……

巴黎为这位一代著名舞蹈家举行了追悼会。她的灵柩停放
在一片花海中。在这片花海里有一束洁白的玫瑰，上边写着两
行字：

悼念伊莎多拉

俄罗斯心敬献

　　叶赛宁与邓肯的婚姻是两位大艺术家的短暂结合，是两位都不能改变自己生活方式的强人的爱情角逐。他们彼此真心钦佩对方的艺术才能，但性格的不同，语言的隔阂以及年龄的悬殊，使这次婚姻以失败告终。

　　叶赛宁与邓肯共同生活一年多的时间里，访问了欧美，写成批判美国生活方式的特写《铁的密尔格拉德》。他反思自己的过去，创作了组诗《莫斯科酒馆之音》。高尔基认为其中的一首《唱吧，唱吧，你的手指跳动着……》描写的正是叶赛宁与邓肯的关系，特别是其中的两句：

　　　　我在这女人身上寻求过幸福，

　　　　却出乎意料地落个倒霉的下场。

高尔基把自己的这种看法写信告诉了罗曼·罗兰。但这一解释是不正确的。这首诗作于 1923 年 5 月，当时叶赛宁与邓肯一起在柏林，正处于蜜月阶段，远没有发展到"倒霉的下场"。另外，《莫斯科酒馆之音》是针对下流社会而写的，用的是龌龊的语言。叶赛宁绝不会用"年轻美貌的贱人"这类话来玷污比自己大十六岁的、倍受他尊敬的女人。叶赛宁于 1925 年完成长诗《黑色的人》，在这里倒可以找到他与邓肯的影子，感受到他的沉痛的心情。"黑色的人"——是诗人的影子——片刻不离开诗人，和诗人谈论过去。诗一开头，作者便用忏悔的语气谈到当时的潦倒情况：

> 我的朋友，我的朋友，
>
> 我病得很厉害，很厉害。
>
> 我自己也不知，病痛从何来。
>
> 是风儿吹过空旷的
>
> 不见人影的田野，
>
> 还是像那九月的小树林，
>
> 烧酒灌进了脑海。

长诗两次重复诗人与一个年过四十的女人的关系。第一次是诗人自述，第二次是影子的叙述：

> ……他还是个诗人，
>
> 他身上的力量不大，
>
> 但相当灵敏，
>
> 他把一位
>
> 四十多岁的女人，

称作讨厌的傻丫头，

又说是自己的心上人。

叶赛宁与邓肯的这段姻缘，日后传为名人的爱情佳话，被写成了书，拍成了电影。

上帝和天使

——帕斯捷尔纳克与伊文斯卡娅的爱情故事

好女人，一切都已应验，
我不追问你走过的路。
我本来光着脚，是你用
缕缕秀发、涟涟泪水把它遮住。

我不问你花了多大的代价，
换来你的香膏。我本来身上无衣，
是你用柔韧的躯体
像一堵墙壁把我团团围起。

我用手恭顺地触摸
你那赤裸的肉身。
我本来直立，而你
俯下来给我送来了温存。

206

你不要用麻布把我缠裹，

你在自己的发丛中为我挖个坑。

送圣油的女人啊，圣油对我有何用——

你已经像水浪把我冲洗得干干净净。

这首诗题为《玛格达丽娜》。玛格达丽娜是《圣经》中的一个人物，即"抹大拉的马利亚"。她忏悔过去，虔诚地崇敬耶稣，跟随他，服侍他，用香膏涂他的头，用泪水洗他的脚，用头发擦他的身。耶稣死后显灵时，首先来到玛格达丽娜的面前。不少诗人曾以玛格达丽娜为忠诚的化身写过诗。苏联诗人帕斯捷尔纳克写过三首，两首在他的长篇小说《日瓦戈医生》里，这里引的是他的第三首，为他的情人而作，生前没有发表过。

这是宗教诗吗？不能否认。讲得更确切些，这是对爱情笃信得如同宗教一样虔诚的情诗。帕斯捷尔纳克在玛格达丽娜这个传说人物身上看到了女人高贵的品质，无私的奉献精神与赤诚的爱。他把这首诗献给了他的情人奥丽娅·伊文斯卡娅，献给了这位为诗人牺牲了一切的女性，以此表达他对她的崇敬、感激和真挚的爱恋之情。

鲍里斯·列昂尼多维奇·帕斯捷尔纳克（1890—1960）是苏联著名诗人。我国虽然早在20世纪20年代就介绍过他的个别作品，但没有引起读者的注意。倒是他的长篇小说《日瓦戈医生》在意大利出版后，苏联国内对他进行"批判"时，他的名字才在我国传开，那是 1958 年。三十年过去了，苏联已为他全面恢复了名誉。我国也先后出版了他的作品的译文。

帕斯捷尔纳克有家有室，年过半百时和两次丧偶的文学编辑奥丽娅·伊文斯卡娅相爱，暮年人燃起了青年人似的爱情烈火。这一切发生在苏联社会重大的改革时期，而帕斯捷尔纳克个人的创作也正经历着复杂的历程。

一

20 世纪 30 年代，苏联大地上正开展着热火朝天的社会主义建设事业。

那时她——莫斯科编辑出版学院的学生奥丽娅·伊文斯卡娅还是一个稚气十足的姑娘，怀着今后将为祖国文学事业服务的赤诚之心，在创作班学习文学。她学的是编辑专业，但不时地试笔写作，尤其爱写诗。她眼前的社会是美丽的，她觉得她的路上铺满了玫瑰花。

那时他，鲍里斯·帕斯捷尔纳克是遐迩闻名的诗人，青年诗歌爱好者的偶像之一。他的诗，不像叶赛宁的诗那么委婉缠绵，也不像马雅可夫斯基的诗那么激昂慷慨，他以诗句的深奥与高雅征服了一部分喜爱纯文学的青年男女。青年读者并不知道他内心充满了矛盾。

奥丽娅是个标致的姑娘，匀称的身材，金色的头发，一对

208

迷人的眼睛。她思维敏捷，动作轻盈，说话充满情趣。她有许多追求者。当时和她最接近的是同学尼卡·侯敏。尼卡憨厚好学，奥丽娅的任何要求对他都是命令，他愿意跟她在一起，谈生活，谈未来，更愿意谈诗歌。尼卡常常眯缝起蓝色的眼睛，甩动棕色的头发，蠕动粉红色的嘴唇，深情地为奥丽娅背诵深奥莫测的诗句。

"这又是谁的诗呀？"她问道。

"帕斯捷尔纳克！"尼卡洋洋得意地回答。

帕斯捷尔纳克。奥丽娅读过他的一些作品，总觉得似懂非懂。《生活啊，我的姊妹》《超越障碍》……这两部诗集虽然问世已有多年，可是仍旧广为流传。她倾听尼卡朗诵时，另有一种感受，这究竟是尼卡的声音还是诗的音乐感使她迷恋呢？

奥丽娅不愿落在男同学尼卡后边，便读起这位诗人的作品来。她只有二十岁，远不能明了那复杂的诗句，但，正是一种摸不透看不清的东西在吸引着她：悠扬的音乐感，悦耳的韵律，行踪无定的人影在黑夜中悲凉哀叹的情调，使她久久不能忘怀。

那年暑假，她第一次到南方索契去消夏，去看海。尼卡在火车站递给她一本旧书，粉红色的封面已经褪色，长长的开本已经卷了页，封面上印的字"柳维尔斯的童年"还很清晰。作者又是帕斯捷尔纳克。这是描写一个少女的故事，她爬到上铺，潜心阅读，她被小说中的主人公任尼娅所吸引。她在想，一位男性作家、一位诗人，怎么会如此了解少女的心理呢？

在索契休养所，奥丽娅常常躲起来独自阅读这本小说，她把自己的感受也写成了诗句：

> 帕斯捷尔纳克小说像一片流云
> 桌子上还有我的联翩的幻想……

大家都认为，只有提高文学修养才能真正理解文学作品的内涵。她孜孜不倦地、勤奋地攻读，当她领会诗中的寓意时，她是多么兴高采烈呀！"'春枝上燃着点点烟头'——这是指春天的花蕾！说的是春天的来临！"她真的喜出望外。

1934年，各种文学流派准备成立统一的全苏作家组织，报上说这是文艺界的大喜事。那正是她在创作班学习的最后一年，她得到了一张苏联作家协会第一次代表大会开幕式的入场证。8月17日晚，她怀着目睹文学界盛况的喜悦心情，早早地来到会场——工会的圆柱大厅。主席台上坐着饱经风霜、满脸皱纹、留着八字胡子的高尔基，从国外流亡归来的前贵族、叼着烟斗的阿·托尔斯泰，代表党中央出席会议的日丹诺夫……据说帕斯捷尔纳克也在主席台上，可惜她坐得太远，怎么也看不清楚她想一睹为快的大诗人。

之后有一天，尼卡和她一起去"赫尔岑之家"听帕斯捷尔纳克朗诵。帕斯捷尔纳克朗诵的是《马尔堡》。大厅里挤满了青年文学爱好者。尼卡先带她偷偷地到后台去看他们崇拜的诗人。

他们来到后台时，发现很多人围着一个身材很高的人，长长的脸，蓬松的头发，滚圆的眼睛，厚厚的嘴唇。那大概就是帕斯捷尔纳克了。他们没来得及挤上前去，入座的铃声响了，这时奥丽娅隐约看见一个黑发女人在狂热地亲吻帕斯捷尔纳克。她带着这个印象回到自己的座位上，但时时感觉到那个女人就在附近。后来，她甚至觉得这个女人追随了她一生。

朗诵会结束了，热情的青年男女一下子簇拥到帕斯捷尔纳克面前，特别是女孩子们，要求他签名留念，向他要纪念物，他的手帕撕成了碎片，他的香烟也被抢光了。奥丽娅站在一旁望着这个场面，像是观赏非人间的景象。她默默背诵帕斯捷尔纳克的诗句，忽然觉得他不是诗人，而是上帝。时间流逝着，生活中发生了很多变化，家庭中出现了不幸，可是这位上帝却一直主宰着她的头脑。他是她的上帝。

她参加共青团办的《第二代》杂志的青年文学小组活动。一天，有人请他们几位文学青年到豪华的"大都会"旅馆去做客。当她听说主人在等候帕斯捷尔纳克的光临时，她没有像其他青年那样熬到深夜不肯离去，深怕错过跟这位诗人见面的时机。她崇拜这诗人，但她不相信自己能和上帝似的人物坐在一起，她硬是被自己的崇敬心理吓跑了。

奥丽娅和尼卡通过诗的媒介相爱了，这是青年时代的纯真的初恋，但是他们最后未能结合，没能把自己永远地印在对方的心里，而尼卡却把一个他所崇敬的诗人帕斯捷尔纳克引入她的心房。

《新世界》是苏联最大的一家文学杂志。奥丽娅在该刊编辑部当了编辑，多少人羡慕这个职务。奥丽娅对工作很满意，她负责青年诗歌的稿件。她在与青年诗人接触中找到快乐与安慰。

卫国战争胜利后，1946年的夏天，突然一阵狂风暴雨袭击了文艺界。8月中旬，联共（布）中央颁布了关于《星》与《列宁格勒》两份杂志的决议，日丹诺夫就这个决议又发表了长篇报告。一大批苏联作家与诗人受到点名批判，文艺界气氛十分紧张。帕斯捷尔纳克虽然没有被点名，但受批判的人中不少是他的好友，如阿赫马托娃、曼德什塔姆等。他知道，从此他自己的诗作也难以发表了。

1946年10月，一个身穿白色风衣的人沿着地毯走进《新世界》杂志编辑部。大家的目光转向来者，并且认出是帕斯捷尔纳克。他和办公室主任聊了一阵。办公室主任对他说："给您介绍一位您的狂热的崇拜者吧！"帕斯捷尔纳克的身子随着主任的目光转向奥丽娅·伊文斯卡娅。

帕斯捷尔纳克走向奥丽娅。奥丽娅第一次在这么近的地方见到她的上帝。她忽然觉得这个人与诗集中的照片不太像。有人说他的长相像匹马，黝黑的脸，挺直的鼻子在这张长脸上显得有些短，有棱角的下巴显得刚强而有性格。眼睛是琥珀色的，像鹰一般犀利。帕斯捷尔纳克彬彬有礼地跟她打招呼。奥丽娅的心顿时激动地怦怦直跳。她过去一直把他看成是诗界上帝，眼下她觉得他像是身着西装的非洲上帝。帕斯捷尔纳克的声音有些喑哑。他微笑着跟她随便讲了几句话，然后问道："您有我的诗集吗？"

她点了点头。她只有一本他的诗集，还是文学批评家索洛维约夫赠的。她清清楚楚记得书上有趣味的题词："柳莎留念，鲍里斯赠，不过不是你所爱的、不是本书的作者鲍里斯……"原来索洛维约夫和帕斯捷尔纳克名字相同，都叫鲍里斯。索洛维约夫的题词真逗。他当年曾教她如何理解帕斯捷尔纳克的复杂的诗作的内容，如何巧妙地拨开诗中比喻的层层迷雾，看清诗的核心。他也许对她产生过爱情，可惜只是单相思。后来，她和索洛维约夫的爱好与兴趣都朝不同的方向发展了，可是她一直感谢他在诗海里对她的领航作用。奥丽娅想起了这件事，偷偷地笑了。她确实不爱批评家鲍里斯，可是她从未想过会爱或者敢爱站在她面前的诗人鲍里斯。她对帕斯捷尔纳克说，她只有一本他的诗集。

帕斯捷尔纳克答应再给她几本。他说，他近来几乎不写诗了。而过去的诗集差不多都分光了！他讲起自己近来在从事诗歌翻译，正在译莎士比亚的剧本，还准备写一部长篇小说，能否写成连自己也没有把握。"我很想再回忆一次旧的莫斯科。您对旧的莫斯科当然毫无印象。"他对着这位俊美的少妇深情地说，像是跟她谈话，又像是在自语："我还想在书中对艺术发表点议论……"他忽然高兴地说："现在居然还有女人喜欢我的诗，真没有想到！"他真的没有想到吗？他恨不得每个女人都喜欢他的诗。他对女人有一种特殊的感情。

第二天，奥丽娅的办公桌上出现了一个纸包。她打开一看，里边是五本书，其中有诗集，也有翻译的作品。帕斯捷尔纳克来过了？什么时候来的？如何感谢这位赠书人才好呢？电话铃响了，她没有想到竟是帕斯捷尔纳克来的电话。他邀她一起去散步。他们谈得很投机。帕斯捷尔纳克没有想到她会如此熟悉他的诗作，而奥丽娅也没有想到这位表情严肃、为人崇拜的诗人竟是如此平易近人。一次又一次的接触，一次比一次亲昵。她委实不好意思了。她想起自己的生平，自己的家庭，便压制自己的感情，谢绝他的邀请，但心里是很想跟他常常在一起的。

过了不久，法捷耶夫在青年作家会议上点名批评帕斯捷尔纳克。接着，1947年3月22日苏尔科夫在《文化与生活》上发表了长篇文章《论帕斯捷尔纳克的诗》。这两位都是苏联作家协会实际领导人，也是帕斯捷尔纳克的熟人，他们为什么这时会做这样的发言和文章呢？帕斯捷尔纳克又一次感觉到社会的压力，知道他的创作一时不能发表了。为了生活，他不得不转入翻译，译裴多菲、歌德的诗，译莎士比亚的剧本。与此同时，为了心灵上的平衡，他开始写一部小说，不想发表，只想留给后人，说明自己的生活历程和一个知识分子面对革命的思想变化。最初他把题目定为《男孩子们与女孩子们》，就是后来的《日瓦戈医生》。

这时，他与妻子吉纳伊达的关系也出现了矛盾。他感觉到妻子并不理解他，也不再全心全意地爱妻子。

帕斯捷尔纳克的心情极坏，奥丽娅的出现，似乎使他的精神有了寄托。他们来往频繁，奥丽娅成了他的知心人，安慰他，给他温暖。

1948年帕斯捷尔纳克译的裴多菲诗集出版了，他认为这是他与奥丽娅热恋时期的产物，并把第一本诗集送给了她，题词如下：

1947年5、6月间"裴多菲"一词成了一个暗语，我对他的抒情诗的大意翻译，正是我对你所表示的思想与情感，是对你的怀念，它接近于原词。为纪念这一切，献上此书。

鲍·帕 1948年5月13日

后来帕斯捷尔纳克给了奥丽娅一帧照片，也题了词，感谢那时她对他的帮助，而且说"我当时翻译了你们两个人的话……"意指裴多菲的话和奥丽娅的话。裴多菲成了他们两人最早的爱的使者。

翻译成了他们表达爱情的手段。奥丽娅忘不了当时她受帕斯捷尔纳克的委托，怀着激动的心情，去领取翻译裴多菲诗歌的稿费的情景。

帕斯捷尔纳克译完《浮士德》对奥丽娅说："我把这部译作献给你。"奥丽娅表示："我用诗来回答你。"帕斯捷尔纳克说："你可一定把诗写出来……"奥丽娅写了：

把痛苦的所有键盘都弹起来，

让良心不要把你刺伤，

我在扮演各种朱丽叶和玛格丽塔，

完全不知道这些人的角色便上了场……

我从出生时起——就属于你。

在你之前，我甚至不记得那些人的长相。

你为我两次打开黑色的狱门，

可是却没能把我引出牢房……

　　帕斯捷尔纳克对奥丽娅的感情像洪水冲开了闸门。他简直离不开奥丽娅了。他不仅往班上给她打电话，她下班后他更想找她谈话。那时，苏联的一个小编辑家里哪能有电话！"那么邻居有吗？他们能借你使用吗？"奥丽娅无奈，只好把同一栋门里楼下一家人的电话号码告诉了他。从此，楼下的这家人便成了她的通讯员，常常在她下班后，楼下的女人便气喘吁吁地爬上楼来，喊她去接电话。电话次数太多了，楼下的女主人不愿意每次爬楼梯，索性用敲打暖气管代替呼唤。

　　帕斯捷尔纳克与奥丽娅在普希金广场，在莫斯科的大街小巷散步，交谈。他似乎有说不完的话，讲自己的历史，自己的恋爱经过，自己的诗，自己的家。他说："别看我的形象丑陋，我可多次让妇女流过泪……"他说奥丽娅很像他早年喜欢的一位姑娘。十月革命前，他曾经给一位小姐当家庭教师，爱上那位小姐，可是小姐的父母信不过这位家庭教师，拒绝了他的求婚。失恋的帕斯捷尔纳克写下的诗句泪痕斑斑：

（你是多么美呀！）——这窒息的沉闷——你在想什么？醒醒吧！完了。我遭到了拒绝。

有时她跟他散步后刚回到家中，暖气管又敲响了。她知道，帕斯捷尔纳克一定又有什么话急着要对她讲，匆匆跑下楼去。

这一次，帕斯捷尔纳克明确地对她表示自己的爱，说整天想念她，离不开她。当时，编辑部里已经在议论他们的关系。奥丽娅与编辑部某位领导也发生了矛盾。帕斯捷尔纳克要求她离开那里，还说全家的生活费用由他来负担。

奥丽娅进退两难。她觉得帕斯捷尔纳克并不完全了解她。最后，她决定把自己的家庭情况与个人经历都告诉他，把当面不肯说出口的话写了整整一本交给他，让他看后再表态。

她已经结过两次婚。第一个丈夫叶梅里扬诺夫，和她生了一个女儿伊拉。后来丈夫上吊自杀了。她的第二个丈夫维诺格拉多夫，和她又生了一个儿子米佳后，又病死了。战争期间，有人告密，说她母亲讲过斯大林的坏话，因此母亲被捕入狱。出狱后，母亲又结了婚……个人的悲伤，家庭的情况，母亲的历史……他能接受吗？

帕斯捷尔纳克接受了。奥丽娅的坦荡胸怀使他更爱她了。当天夜半，暖气管又响了起来。帕斯捷尔纳克已把奥丽娅的自述看完了。"奥柳莎，我爱你。"他说："你的脚已经走进了我的命运中。"他们跨过了友情的界限。他们急于结合在一起。

1947年4月4日。星期五。伊文斯卡娅的母亲、继父、女儿和儿子一起出城了。他们整天不会回来。伊文斯卡娅焦急不安地等待帕斯捷尔纳克的到来。热烈的拥抱，长时间的亲吻。

"像新婚夫妇有初夜之欢一样，我们有了自己的第一天。我为他熨平他那弄皱了的裤子。他为自己的胜利欢欣鼓舞，高兴不已。'有的结合比夫妻关系更神秘'，确实如此。"——这是多年之后，奥丽娅·伊文斯卡娅回忆那一天时坦率的表露。

结合是愉快的。奥丽娅一方没有什么阻力。母亲、女儿都很喜欢帕斯捷尔纳克。可是帕斯捷尔纳克那一方呢？他的妻子吉纳伊达是位能干、善于管家的女人。十几年前，当她离开自己的丈夫钢琴家涅高兹和帕斯捷尔纳克结合时，涅高兹恨不得把帕斯捷尔纳克杀死。那时是涅高兹的演奏迷住了酷爱音乐的帕斯捷尔纳克。但他却觉得这种迷人的感情只能来自女人，于是便爱上了涅高兹的夫人。感情发展的结果使两个家庭同时解体。帕斯捷尔纳克的第一个夫人——画家卢里叶带着儿子伤心地离开了他。涅高兹的夫人吉纳伊达跟着帕斯捷尔纳克躲到遥远的格鲁吉亚去避风。

如今，帕斯捷尔纳克对伊文斯卡娅说，他跟吉纳伊达结婚后活像是在地狱中生活了十几年。这话未免过于夸大。其实帕斯捷尔纳克在很多信中都谈到自己如何感激他的夫人吉纳伊达。那时，不管帕斯捷尔纳克说些什么，奥丽娅都愿意相信。她是一位经受了种种苦难的女人，她同样需要生活的温暖。

帕斯捷尔纳克在那幸福的一天，在赠给奥丽娅的一本红皮诗集上写下这么几个字：

我的生命，我的天使，我热烈地爱你。

帕斯捷尔纳克在奥丽娅的心目中是上帝，奥丽娅在帕斯捷尔纳克的心目中是天使。帕斯捷尔纳克用最甜蜜的字眼呼唤她："我的美人儿""我的金子般的心爱的""我的白皙的美和温柔"……他甚至以俄罗斯特有的方式变换她的名字，亲昵地称她为：奥柳莎、奥柳什卡、列柳莎……

二

是诗使帕斯捷尔纳克与伊文斯卡娅接近起来；是诗给他们带来了幸福；又是诗给他们带来了痛苦。

这是两个心灵伤残的人，一方是两度结婚仍然处于迷惑中的男人，一方是两次死去丈夫还在彷徨中的女人。两人年龄相差二十岁，男的温柔多情，女的娇媚自信。帕斯捷尔纳克身上流动的是犹太人的血液，奥丽娅被公认为是俄罗斯妇女，这一切都为他们今后的生活埋伏下了悲惨的因子。

"我不愿意您将来为我流泪。不过我们的相识，无论对于您还是对于我都不会白白过去。"帕斯捷尔纳克真挚地说。伊文斯卡娅总想绝对地领受幸福的滋味，可是却又常常预感到一种不幸在身边徘徊——那位黑发女人的影子，总在她行进的路口晃来晃去。与帕斯捷尔纳克相识的初期，她写过这样的诗句：

> 我刚刚抬起睫毛，头一天
> 就感到迷惑不解，
> 她——已经不再爱你，
> 却使你我也不能相爱……

> 电线像弓弦拉得笔直，
> 你的青年时代恰似一阵雷鸣，
> 从不信上帝的国度上空划过，
> 如今又笼罩着我们的头顶……

根据苏联的法律，苏联作家协会会员可以有两个住处，一个是家，一个是写作室。帕斯捷尔纳克的写作室在莫斯科市内，他的家在郊外作家村——彼列捷尔金诺。伊文斯卡娅是普通工作人员，生活条件较差，全家五口人挤在市内波塔波夫胡同一栋楼房六层的单元里。

帕斯捷尔纳克常住的地点是彼列捷尔金诺。他几乎每天乘电气火车从郊外花一两个小时赶到城里来与奥丽娅会晤。有时，帕斯捷尔纳克晚上回去，天刚亮，他又出现在她的家门口。这种奔波是爱的驱使，是愉快的，可是频频的会晤和过分的亲密已达到不分你我时，又难免发生口角。奥丽娅是个女人，她有女人博大的胸怀，忘我的爱，又有女人的脾气，女人的小性子。有时她也会提出一些过分的要求。口角成了他们两人的家常便饭，口角之后，用不了多少时间互爱的感情又会恢复。幸福渗着泪水，爱情带着伤疤。正像帕斯捷尔纳克诗中说的：

你别哭，别努起肿胀的嘴唇，
别让嘴唇布满条条的皱纹。
别用火辣辣的春天的激情
刺痛我结疤的伤痕。

你把手从我的胸上挪开，
我们是电线，通着电。
当心，无意中我们又会被
推向彼此的面前。

再过几年，你会结婚，

种种混乱都会忘记，

做女人呀——是伟大壮举，

令人疯狂——是英雄业绩。

我一生一世如同忠仆

怀着眷恋的心情赞赏——

女人迷人的手臂

脖颈、脊背和肩膀。

任黑夜用苦闷的铁环

紧紧地禁锢住自我，

可是别有希求的力量更大

激情在召唤我挣脱。

帕斯捷尔纳克跨入了伊文斯卡娅的家门，给她家带来了欢乐。他亲切、和蔼、慷慨。他时时送些稿费来接济她一家。她的母亲、继父、她的女儿和儿子都把帕斯捷尔纳克看成是自己家中的一员。他想"挣脱"家庭的枷锁，可是，当他的夫人吉纳伊达得知这一动向时，便大吵大闹，帕斯捷尔纳克只好改变主意，回过头来要挣脱与情人的关系。

帕斯捷尔纳克在爱情上是一个软体动物，他没有果断处理爱情纠葛的勇气，也许他不愿意割断任何一方的关系，也许他愿

222

意沉入爱情的漩涡中去。他把解决矛盾的希望寄托在上帝身上，也就是让命运主宰，听其自然地维持现状。

吉纳伊达以合法妻子的身份托别人给伊文斯卡娅捎信，不许她跟帕斯捷尔纳克来往，后来又亲自告诉她，对他们的暧昧关系她可以不闻不问，但不许她挑拨帕斯捷尔纳克拆散家庭。

矛盾的心理苦恼着帕斯捷尔纳克，苦恼着吉纳伊达，苦恼着奥丽娅。帕斯捷尔纳克的激情在召唤他挣脱。

"奥丽娅，我明天一早就来！"帕斯捷尔纳克分手时总是这么难舍难离地嗫嚅。

"我等你！"奥丽娅温情脉脉地跟他吻别。

1949 年 10 月 4 日的晚上，他走后奥丽娅和往常一样俯在桌上写作，她要把自己对帕斯捷尔纳克的深情写入诗中。突然房门开了，闯进几个陌生人。他们是内务部的保安人员，来进行搜查。全家人都愣住了。

"我犯了什么罪？为什么这样无法无天？"奥丽娅的嘶叫声消失在一片混乱中。

这是斯大林晚年贝利亚肆虐的年代。受害者中知识分子为数甚多。

奥丽娅望着保安人员搜查。他们在找什么？找什么？

"那是帕斯捷尔纳克赠给我的书！写给我的信！你们无权没收！"可是谁听她的呢？他们没收的还有她写给帕斯捷尔纳克的自述，还有奥丽娅写给帕斯捷尔纳克的诗，其中还有一首没有写完。

三

鲁比扬卡。内部监狱的代名词。伊文斯卡娅带着身孕被关在这里。她身上的一切都被没收，手表、戒指、内衣、内裤，甚至连乳罩也不留给她。看守人员说，用那东西可以上吊。他们发给她一套囚服。

她想到了自己的母亲。几年前她就关在这样的牢房里。身体怎能不受到摧残。

奥丽娅在思考，她为什么会被抓进来？她爱祖国，爱工作，莫非说接触过可疑的人？不假，她认识过一个神秘的女人——尼吉弗罗娃。那个人曾经主动表示要帮助她解决住房问题，只要给她一笔钱。不过奥丽娅当时在帕斯捷尔纳克的劝阻下并没有上那个当呀！后来，听说那个女人是专门行骗的，被逮捕了。

不假，她还跟那个女骗子的丈夫有过来往。女骗子的丈夫会英语。奥丽娅曾经聘请他给女儿伊拉补习过英语，但他们从没有谈别的事情。

莫非因为帕斯捷尔纳克？不，不！怎么可能呢！他是个老实人，是个有些古怪的诗人。根本不应当往他身上去想。

奥丽娅认为自己的被捕可能是个误会，只要一提审，就会水落石出，就会把她释放，她就可以去见她日夜思念的帕斯捷尔纳克了。她认识了同室的女犯们。有托洛茨基的外孙女，有克里姆林宫的女医生，她因为在一次聚会上跟朋友说"伟大的父亲"最近身体欠安而被告发，还有合唱团的女歌手，她则由于告诉别人她丈夫醉后胡说要炸毁克里姆林宫……被关在狱中。女犯们问伊文斯卡娅因为什么被抓了进来？可是她自己也说不清。

到了第十三天，有人来提审她了。审讯总是在夜间进行。她实在忍受不了，可是一想到心上人，一想到他的爱，她就轻松多了。经过多日的审讯，她逐渐明白审讯的目标不是她而是帕斯捷尔纳克，他们想从她的口中得到有关帕斯捷尔纳克的"反动思想""罪恶活动"的证据，以便对帕斯捷尔纳克采取行动。

——你和帕斯捷尔纳克是怎样攻击苏维埃政权的？

——你和帕斯捷尔纳克是怎么表示对苏维埃政权的仇恨的？

——你和帕斯捷尔纳克是怎么打算逃往国外的？

——你必须交代帕斯捷尔纳克写的是部什么反动小说？

——你必须交代帕斯捷尔纳克还准备写什么反动东西？

——帕斯捷尔纳克都和什么人来往？

当一个个问题得不到满意的回答时，他们干脆把话题挑明：

——帕斯捷尔纳克是英国间谍！

——帕斯捷尔纳克吃的是俄国人的黄油，却给英国人干活！

——帕斯捷尔纳克的罪行是诽谤苏维埃现实！

审讯的问题几乎全部围绕着帕斯捷尔纳克，她甚至替他担心了。他会不会也被捕了？

审讯的人怀疑奥丽娅爱帕斯捷尔纳克是别有企图。

你是一位俄罗斯妇女，怎么会真心实意地爱上这个犹太老头子？一定别有打算吧？为了稿费？为了金钱？为了财产？

排犹情绪在苏联是一股蔓延很广的潜流，伤害很多人的心。正因为如此，帕斯捷尔纳克在填写各种表格时，看到"民族"二字，就心酸。他常常填上"混合民族"字样。"我的鲍里斯呀！我爱你！难道我这个俄罗斯女人就不许爱一个犹太人？"

有一天，内务部人员让她去见一个人。她一见，原来是伊拉的英语家庭教师——女骗子的丈夫尼吉弗罗夫。内务部人员说："他不是什么家庭教师。他是逃往国外的商人。他不姓尼吉弗罗夫。他叫叶比什金。"后来伊文斯卡娅得知，这个人在第一次世界大战时去了澳大利亚经商，十月革命后回国，跟尼吉弗罗娃结了婚，从此便用了妻子的姓。

叶比什金作了伪证，说他听见伊文斯卡娅与帕斯捷尔纳克在一起骂过苏维埃政权，还说伊文斯卡娅曾跟他商量过如何与帕斯捷尔纳克一起逃往国外，说他们收买了一个驾驶员准备远走高飞等等。叶比什金交代了"罪行"，可是看到伊文斯卡娅矢口否认，他又翻供了。

又有一天，内务部人员让她去见一见帕斯捷尔纳克，结果把她送进了停尸间。潮湿、寒冷、恐怖。

　　她流产了。她入狱后曾把自己身孕的事告诉同牢的难友，希望她一旦获释后能把这消息转告给帕斯捷尔纳克。而他还在盼望自己与伊文斯卡娅生的孩子呢！

　　帕斯捷尔纳克虽然过着自由的生活，但他的精神状态和狱中人不相上下。他的朋友左琴科遭到了批判，阿赫马托娃的儿子进了监狱。不幸的消息不断。内务部通知帕斯捷尔纳克到鲁比扬卡去一趟，他感到不安。后来听说是让他去领东西，他顿时激动不已，以为让他去接自己的孩子。他甚至事先考虑好了安置孩子的地方。可是到了鲁比扬卡，交给他的不是他的孩子，而是他赠给伊文斯卡娅的书和写给伊文斯卡娅的信。他哪里知道他们的孩子还没等出世，就死了。

　　伊文斯卡娅被捕后，帕斯捷尔纳克大病了一场。他犯了心肌梗塞，险些送了命。他在医院里住了几个月。他的妻子吉纳伊达精心护理他，终于使他脱离险境。

　　伊文斯卡娅被判五年徒刑，罪名是"与特嫌分子有来往"。她被送往布特尔基监狱，最后送往流放地——波奇玛。

　　她每天从事沉重的劳动。她想起了坐过牢的诗人写的诗，她自己也写了，不是写在纸上，而是写在心里，想到出狱后读给帕斯捷尔纳克听。她思念帕斯捷尔纳克。他在干什么？在写什么？谁替他整理稿件？他身体可好？她咬紧牙关，一定要活下去，保持健康，以便有朝一日能和帕斯捷尔纳克团聚。

　　有一天，看守拿来一个本子让她看。她一眼就看出这是她朝思暮想的熟悉的字迹。她的眼泪马上涌出了眼眶。看守说，上级批准只许她在这儿看，不许带走。她翻开一页又一页，这是帕斯捷尔纳克写给她的诗，她读着亲切的诗句，回忆那美好的时刻。其中有一首是新的，题为《相逢》：

雪花就要洒满一条条的道路，
雪花就要落满斜顶的房屋，
我想出去走一走，散散步；
发现你站在门后踟蹰。

你一人，穿着夹大衣，
没戴帽子，没穿套鞋，
你在克制心中的激动，
你在咀嚼潮湿的雪。

那树木，那栅栏
伸向远方，逝于迷雾。
大雪纷纷扬扬，你独自
伫立在拐弯处。

雪水从头巾上淌下
沿着袖筒又向袖口流个不住，

头发上点点滴滴
闪烁着晶莹的水珠。

一绺淡黄色的头发
烘托着你的脸庞，
你的头巾，你的身影，
还有这件单薄的秋装。

睫毛上的雪花湿润，
眼睛里的忧愁不消，
你的整个外貌如此匀称，
宛如一座完整的石雕。

你像一块镀锌的铁，
有人用你来划我的心，
他们在我的心板上
刻下一条条印痕。

刻划出来的温顺
从此永远深入我的心，
再也不闻不问
人世间的残忍。

因此，这天的黑夜
在雪地上总有重影的闪现，
我不能在你我之间
划出分割的界线。

奥丽娅再也忍不住自己的感情的翻腾了，幸福使她由抽泣而放声痛哭。她感受到了自己即使身在囹圄中也是幸福的，因为她尝到了鲍里斯的爱。

岁月悄悄流逝，
只剩下一些闲言碎语，
待我们离开人世，请问，
那时我们又是何人，来自何地？

这些诗奥丽娅已背得滚瓜烂熟，她盼望看守再给她送来新的本子，上面用她熟悉的字迹写的新诗，可是没有送来。此后，她再也没有收到以帕斯捷尔纳克的名义寄来的东西了。

监狱有条规定：禁止非直系亲属与犯人通信。1951年6月，她收到一张明信片，署名是"妈妈"。她一看，知道这不是妈妈而是她的鲍里斯写的。

　　亲爱的奥柳莎，我的美人儿！

　　你怨恨我们，完全应该。我们写给你的信本当像柔情与忧伤的激流一般从心窝里径直向你奔涌。但这种最自然的表现方法不是任何时候都能做到的。慎重与担心和一切都搅在一起了。帕斯捷尔纳克前几天梦见了你身穿长长的白色衣服。他总是跌来跌去，摔成各种姿势，而你每次都出现在他的右边，是那么轻盈和充满希望。他认为这是康复的征兆——脖颈一直在折磨他……愿上帝与你同在，我的亲人。一切如在梦中。我无止境地亲吻你。

以后她又收到几封"妈妈"的来信。她一直珍藏着这些明信片，每逢想念情人时，便把它取出来阅读。

1953 年 3 月 9 日斯大林去世。

新的领导宣布了大赦。帕斯捷尔纳克感到奥丽娅出狱的日子不远了。焦急的心情驱使他拿起笔来，匆匆给狱中的情人写道：

　　奥柳什卡，我的好女儿，我的亲人呀！自从赦令公布之后，长期可怕的日子就快结束了！我们活到了可怕的时刻已经属于过去的日子，这是多么大的幸福啊！你和孩子们和我们将住在这里，生活像康庄大道重又会展现在你的眼前。这是我想说的最主要的事，值得庆幸的事。其余的事，都不值得一提了！你那位可怜的鲍·列闹了一场大病——这事我写信告诉过你，去年秋天 10 月间，他心肌梗塞发作了一次，在医院里躺了近三个月。后来又在疗养院住了两个月。现在他比任何时候都更加强了唯一的念头：完成自己的长篇小说。以备不测，不要留下任何未完成的作品。刚才我们在净塘区见了一面。隔了很长一段时间，他第一次又见到了小伊拉。她长高了，漂亮了。

他写完了，没有立刻寄出，他似乎还有什么话要说。他把信暂时搁在一边。过了两天，1953 年 4 月 12 日，他又接着写道：

奥柳什卡，我的天使，我的心爱的女儿！现在让我把前天开始给你写的信写完。昨天我和伊拉和鲍·帕在林荫路旁坐了片刻，一起读了你封口的信，我们估计了一下你什么时候可以回来，同时回忆了很多往事。你的信一贯写得很好，只是信中充满了忧伤！你写那封信时，还没有公布大赦令，所以你那时还不知道我们很快就会迎来大喜的日子。现在唯一要注意的是即将来临的幸福不要使我们丧失耐心，对即将发生的事不要期望过早和过大。总之，要准备足够的耐性，不要丧失镇静。我们终于接近了目标。前边的一切都会很好。我的自我感觉蛮好，对鲍·帕的精神也满意。他发现小伊拉那对上挑的眼睛长平了。她俊多了。我尽写些无聊的事，见谅。

署名仍然是"你的妈妈"。

帕斯捷尔纳克要奥丽娅准备"足够的耐性""不要丧失镇静",以便迎接喜庆的日子。但,这个日子越接近,帕斯捷尔纳克的心绪越紧张,越紊乱。当伊文斯卡娅出狱时,帕斯捷尔纳克突然宣布不去跟她见面了。

四

伊文斯卡娅在大赦令颁布之后提前出狱了。她在犯人中间过了四年。四年的分离使帕斯捷尔纳克与伊文斯卡娅产生了不同的心理状态。奥丽娅急于要见自己朝思暮想的情人,而帕斯捷尔纳克恰恰相反,当情人即将出狱时,他却忽然要回避她。

帕斯捷尔纳克是个怪人,喜欢生活的幻想,常常因幻想与现实矛盾而苦恼。他不敢见奥丽娅,怕监狱生活改变了心目中的奥丽娅的形象。他还想趁机解除两人的关系。在此期间他对自己的妻子有负疚感,尤其因为1952年他患心肌梗塞时,他妻子吉纳伊达细心护理,使他摆脱了险境。1953年1月2日他给奥丽娅的母亲的信中有所透露:"吉纳伊达救了我的命。我的生命应当属于她。"

帕斯捷尔纳克找到伊拉,让这个女孩子把他想断绝来往的话转告给她的母亲。可是,奥丽娅出狱后,伊拉却把这件事给忘了，也许她有意不提。帕斯捷尔纳克决心亲自把这个可怕的想法告诉奥丽娅。他又去见她，向她说明自己为什么不能改变原来的生活方式，不能离开他的妻子的原因，因此也不能与奥丽娅结婚。伊文斯卡娅妥协了：就这么生活下去吧！

帕斯捷尔纳克觉得出狱后的奥丽娅跟过去一样，一点没有改变，仍然那多情，那么美，那么白皙。他从奥丽娅的叙述中得知她是因为他而被捕的，他顿时忘记了与她中断来往的决心，又投入了她的怀抱，这一次，也许比狱前的感情更深了一层。

1954年夏，伊文斯卡娅的母亲带着她的两个孩子到外地姑妈家去了。伊文斯卡娅又怀了孕。她不知道大女儿伊拉对此会有什么想法，也不知道这事是否会给帕斯捷尔纳克带来麻烦。8月底，伊文斯卡娅乘小型卡车去找出租的别墅。路途颠簸，她感到腹痛，便到郊区一家药房叫来急救车，但为时已晚，路上流了产。伊文斯卡娅感到难过，但也为能免去许多麻烦而松了一口气，她没想到帕斯捷尔纳克这次竟扑在奥丽娅的腿上痛哭：

"你太不相信我了！"

"难道偌大的世界就没有我们的婴儿生存的地方？"

"让孩子生下来，让我们的关系公开，也许我们的问题会得到自然的解决。"

暮年的爱，使帕斯捷尔纳克写了一些很动情的抒情诗。有几首，帕斯捷尔纳克作为日瓦戈的诗，收入《日瓦戈医生》一书中。

当他还没有安置起舒适的小家时，他们常常在树林中幽会，风衣成了他们小屋的棚顶和身下的卧床。有一天他们依偎在一起，坐在风衣上，帕斯捷尔纳克写出了《酒花》一诗。酒花是酿啤酒用的植物原料，它可使饮者陶醉。

我们想找个地方躲雨，
钻进常春藤搂抱的柳树丛里
遮盖我们肩头的是风衣，
搂住你腰身的是我的双臂。

这不是常春藤是酒花缠住了树丛。
我错了。喏，那就更为惬意，
让我们宽宽敞敞地在身下
铺展开这件风衣。

1956 年，帕斯捷尔纳克六十六岁，伊文斯卡娅四十四岁。这是他们生活中最幸福的日子，他们有了自己的小家。这也是他们在创作上最丰收的年代，经过多年的沉默，出版社准备给帕斯捷尔纳克出一本诗集。他喜出望外，准备为这本诗集写一篇长序，即后来作为自传发表的《人与事》。可惜，他的希望落空了，这本诗集并未能问世。

奥丽娅埋头翻译泰戈尔的诗。她在翻译上有了很大长进，帕斯捷尔纳克免不了夸大其词地称赞一番。当泰戈尔诗选译本问世时,她十分激动,因为帕斯捷尔纳克的名字和她的名字第一次印在一本书上。

奥丽娅在彼列捷尔金诺作家村安置的小家,面积不大,但很舒适。天蓝色的墙纸,漂亮的窗帘和床罩,小小的写字台上放着打字机,花瓶里总有鲜花。新的台灯散发的光热,给人以温暖的感受。帕斯捷尔纳克每天到这里来。有时住在这里。他们两人生活在幸福之中。有一天,奥丽娅去艺术出版社联系出版帕斯捷尔纳克的译文事宜。回来后,她向帕斯捷尔纳克讲述一天奔波的情况和办事的印象。他坐在写字台的一角,她盘腿坐在沙发床上,怀里放着外婆留给她的一串项链,紫红色的石榴石闪闪发光,她一边讲话一边穿串珠。帕斯捷尔纳克似乎根本没认真听,她停住时,他忽然对她说:"你听听我写的这首诗。"

> 娇女,平素你那么文静,
> 现在,你是一团火,烈焰升腾。
> 让我把你的美
> 锁在诗的昏暗闺房之中。
>
> 你瞧,灯伞透露的亮光
> 改变了斗室的造型,
> 还有墙壁,还有窗棂,

还有我们的形象和身影。

你像土耳其人
盘腿坐在沙发床上。
无论在光亮下，还是在黑暗中，
你总像孩子般信口雌黄。

你在沉思，用个绳把滑到
衣裙上的项链珠子串起来。
你的神色太悲戚了，你的话
不加修饰，讲得过于直率。

你说得对，爱情——这个词汇庸俗不堪。
我会想出另外一种名称语言。
如果你愿意，我可以把整个世界，
把所有的话，都修改一遍。

难道你那阴沉的模样
能够表达你那情感的矿藏，
能够揭示在暗中闪烁的矿石心脏？
那你又何必让眼睛充满忧伤？

"爱情——这个词汇庸俗不堪"是帕斯捷尔纳克借用席勒的句子。席勒在《致K——》的诗中这样说:"有个词汇被用得庸俗不堪了……"那首诗由帕斯捷尔纳克从德文中译成俄文。显然这首诗给他留下了很深的印象。

帕斯捷尔纳克写的这首诗饱含温存的情感,尤其是最后四行,不仅表达得美,而且深。它变成了一首优美的、颂扬人的真情的抒情诗。后来,德国出版了帕斯捷尔纳克的诗选,书中收入了这首《娇女》。帕斯捷尔纳克在赠给奥丽娅一本书上写了这么一句话:"奥柳莎,第九页上的诗,是写你的。"这首诗,在苏联发表时,有时无题,有时称作《娇女》。

爱情、幽会使他产生了感情充沛的诗句。离别、悔恨同样也使帕斯捷尔纳克写出感人的诗篇。有一天早晨奥丽娅在自己的桌上看到他留给她的一首诗,是用铅笔写的:

几点了?漆黑。大约,半夜三点。

我,今夜呀,大概又无法把眼睛合上。

拂晓前,牧童在村里抽响了鞭子。

寒气侵袭着通向院落的窗。

我一个人。

不对,还有你,

以全身透明的波浪,

白皙的,

守在我的身旁。

　　从此帕斯捷尔纳克常在小家里接待客人。来访者中有文艺界朋友，也有爱好文学的青年。奥丽娅享受着安谧的日子，她觉得他们好像是生活在没有终结的节日里。

　　帕斯捷尔纳克从郊外到莫斯科的次数少多了。他把自己的创作后的杂务全部交给奥丽娅处理，抄写、看清样、联系出版社。《日瓦戈医生》已经接近完稿。每到星期天，奥丽娅的母亲带着两个孩子来做客。如果奥丽娅有事进城，回到波塔波夫胡同的家中，那么到了晚上九时，那里的电话绝不许别人动用。电话铃一响，便可以听到："奥柳莎，我爱你！明天早些回来……"帕斯捷尔纳克总要按时跟奥丽娅通电话。她感到自己终于有了一个家，大海上的轮船抛锚停泊了。她和帕斯捷尔纳克怎么也没有想到遭受批判的日子又将临头，而他们共同的生活也只剩下短短的四五年的时间。

五

　　1954年夏，帕斯捷尔纳克写完了《日瓦戈医生》，打印了几份，让奥丽娅把它分头送到《旗》与《新世界》杂志编辑部去审阅。《旗》杂志主编柯热夫尼科夫过去与她相识，他们都在国立高等文学训练班学习过，而《新世界》的领导，她更熟悉，因为她原来是那里的一名编辑人员。

帕斯捷尔纳克把这部小说看成是他毕生最主要的劳动成果，是可以不为之羞愧的唯一的一部作品。在肯定这部小说的情况下，他甚至有些过分地否定过去写的诗与散文，他说以前的著作只不过是为此书做的准备而已。这部小说里有他个人的经历，有知识分子在革命时代的彷徨，有他的痛苦和他的爱。日瓦戈就是他精神上的自我，而拉拉在某种程度上又有奥丽娅的影子。

《旗》杂志第四期上果然把《日瓦戈医生》中的一组诗刊出来了，但不是全部，只选登了几首，有几首被抽掉了，如《8月》和《哈姆雷特》。不管怎么说，在这以前，《日瓦戈医生》的章章节节是以打印稿的形式在一些亲朋好友中间传阅，现在它开始正式与读者见面了。

《新世界》杂志副主编克利维茨基接待了奥丽娅，说小说太长，杂志无法全文发表，可能选登几章。

时间一天天过去，帕斯捷尔纳克和奥丽娅焦急地等待着，可是一直没有下文。

1956年5月，莫斯科对外广播时用意大利文报道了帕斯捷尔纳克完成了小说《日瓦戈医生》，同时介绍了小说的内容，并声称该书将要出版。谁也没有料到这条消息居然成了导火线，引爆了1957年的帕斯捷尔纳克事件。当时在莫斯科广播电台对外部有一位意大利专家丹捷洛，他同时是意大利最大出版商之一的费里蒂涅里的驻苏代理人。费里蒂涅里请他代办的事是留心苏联文学新作，推荐优秀作品，以便在意大利翻译出版。《日瓦戈医生》一书引起了费里蒂涅里的兴趣。丹捷洛高高兴兴地跑到彼列捷尔金诺去会晤帕斯捷尔纳克，向他索要《日瓦戈医生》的原稿。帕斯捷尔纳克在犹豫——让《日瓦戈医生》首先在国外发表是否合适？也许他考虑到这位在莫斯科电台工作的意大利人和他代表的出版商都是意大利共产党员，报刊与电台都正式公布了《日瓦戈医生》将要发表的消息，在这种情况下把原稿交给外国人没有什么大问题，便把一份原稿交给了丹捷洛。丹捷洛带着原稿告别时，帕斯捷尔纳克似风趣又似预言地说：

"您让我自己把自己推上了断头台。"

晚上，帕斯捷尔纳克把丹捷洛索稿事告诉了奥丽娅。饱尝过铁窗滋味的奥丽娅立刻意识到情况不妙。帕斯捷尔纳克太书呆子气了！奥丽娅认为必须想个办法。她在文学界有很多熟人，便马不停蹄地去找人商量。经过柯热夫尼科夫的介绍，她找到了苏共中央文化部部长波里卡尔波夫，后者的意见是：《日瓦戈医生》必须首先在国内出版，然后才可以在国外出版。因此无论如何要把原稿从意大利人手中要回来。

意大利出版商费里蒂涅里的态度也很明确，他不同意退还原稿。他甚至表示：即使这是犯罪行为他也认了。他不相信在当时情况下该书能在苏联出版。他说，他不能对人类隐瞒这部杰作，如果隐瞒了，就等于他犯了更大的罪。

双方僵持不下。1957年春，帕斯捷尔纳克突然患关节炎，住进克里姆林宫医院的分院。腿痛、腰痛、呕吐、无力……折磨得他整夜不能入睡。他甚至以为自己活不成了。由于家庭的矛盾和医院的探视规则，奥丽娅不能经常去看望帕斯捷尔纳克。他们只好不断通信。他从医院中给她写信说："请你们祈祷上帝让他快快赐我以死亡，让我摆脱这种苦痛，我有生以来还从未受过这么大的罪。""我不怕死，我很希望死，而且希望快点死。"可是病情稍有好转，他便不再乞求死，而是关心起自己的小说和诗集的出版事宜了。

"你好好生活，自主地代我办理各项事宜，但愿你在这种工作中得到支持与安慰。我吻你，我无尽地哭泣。"

"请你平心静气地告诉我，跟丹捷洛和国家文学出版社的事处理得怎样了，有何进展？"

她写信给帕斯捷尔纳克，安慰他，说自己正埋头于"工作、改稿、补充"。帕斯捷尔纳克对这种说法有些不满足，回信告诉她：他希望《日瓦戈医生》能发表，不管在什么地方都行，使它不致被人忘却。他还表示，他绝不会乱改这部作品。

帕斯捷尔纳克准备出院，但他必须回到吉纳伊达的家去。他担心奥丽娅会找上门来，闹出新的纠纷，所以在信中一再叮嘱："千万不要采取任何突然的做法。不要派任何人到别墅去，更不要自己去。任何一种脱离常规和习惯的做法都会导致全部生活方式的大变动，这比折断手脚还坏，我实在无力对付了。"

六

1957 年 11 月，《日瓦戈医生》首先在米兰用意大利文出版了，接着又出版了俄文版。一年以后，1958 年 10 月 23 日，瑞典皇家科学院宣布将诺贝尔文学奖授予帕斯捷尔纳克，以表彰他"既对现代抒情诗，又对俄罗斯小说家的伟大传统做出的重大贡献"。这个消息给帕斯捷尔纳克沉闷的生活中增加了色彩，他喜形于色，亲朋好友来到吉纳伊达的家中或奥丽娅的家中一起庆贺。他怎能不欢欣鼓舞呢？俄罗斯作家中只有蒲宁得过诺贝尔奖金，但那是在他流亡后的 1933 年。他知道瑞典科学院诺贝尔文学委员会曾几次提过他的名字，如今他真的成了它的得主。他怀着激动的心情向瑞典科学院拍发了感谢电："无比感谢，感动，自豪，惊奇，惭愧。"可是他没有想到，仅仅过了两天，苏联《文学报》发表《国际反动派的一次挑衅性的出击》一文，点名批判他。10 月 26 日，苏联《真理报》发表扎斯拉夫斯基的文章《围绕一株毒草的反革命叫嚣》；同一天《新世界》杂志七名编委联合给《文学报》写信，一致谴责帕斯捷尔纳克玷污了苏联作家和公民的起码荣誉和良心，把灵魂卖给了帝国主义。苏联文艺界举行集会，公开谴责帕斯捷尔纳克是"隐藏的敌人"，是"冷战的旗帜"，等等。有人举着标语口号到苏联作协门口游行，要求驱逐帕斯捷尔纳克："犹大——从苏联滚出去！"10 月 27 日，苏联作家协会理事会主席团、俄罗斯作协筹委会执行局、莫斯科分会理事会主席团召开联席会议，通过决定："鉴于帕斯捷尔纳克政治上和道德上的堕落以及对苏联人民、对社会主义事业、对和平与进步的背叛行为"，剥夺他苏联作家的称号和开除他作协会籍。

在这大难临头的日子，奥丽娅安慰他、抚爱他，让他保持住冷静的头脑。

10月29日，帕斯捷尔纳克自己主动向瑞典皇家科学院拍了第二封电报，表示放弃接受诺贝尔奖金。没料到，同一天，苏共青年团中央第一书记谢米恰斯特纳在庆祝共青团成立四十一周年大会上发出驱逐帕斯捷尔纳克的警告，"让他到自己的资本主义天堂去吧……"谢米恰斯特纳的报告在全国转播。

帕斯捷尔纳克委实慌了手脚。他想到自杀，也想到出国，但眷恋故土的心还是占了上风。就在这时发生了一桩事。当伊文斯卡娅正四处为帕斯捷尔纳克探听消息时，一个绰号"可爱的曙光"的青年律师格列莫戈尔茨主动找到伊文斯卡娅，表示愿为他们效劳。他首先声明，他崇拜帕斯捷尔纳克，说这位诗人在他的心目中是圣人。他的妙计是建议帕斯捷尔纳克给赫鲁晓夫直接写封信。他认为帕斯捷尔纳克即使已经拒绝了诺贝尔奖金，还有被驱逐出国的可能。出于恐惧，伊文斯卡娅把自己的女儿伊拉、儿子米佳、作家弗·伊凡诺夫的儿子科马、诗人茨维塔耶娃的女儿阿丽阿德娜召集到一起，研究青年律师的建议，然后背着帕斯捷尔纳克，用帕斯捷尔纳克的口吻起草了一封信稿。当时除伊拉一个人之外，大家都认为写信是唯一的出路。最后他们派人去找帕斯捷尔纳克，把信稿交给他，让他自己决定。帕斯捷尔纳克看了信稿，在末尾改了几个字，然后签署了自己的名字，同时他还附了几张空白的纸，上面都签了自己的姓名，以备再进行修改时用。帕斯捷尔纳克用红铅笔写了一个便条给奥丽娅：

"列柳莎，全部保留原样吧，如果可以的话，请你改一下，我出生在俄国而不是在苏联。"

1958年11月4日苏联报纸上公布的便是这封经过他们再次修改的致赫鲁晓夫的信：

尊敬的尼吉塔·谢尔盖耶维奇，我向您本人，向苏共中央和苏联政府上书，我从谢米恰斯特纳同志的报告中得知，政府对于"我离开苏联不会制造任何障碍"。

这对于我来说是无法接受的。我生在俄罗斯，长在俄罗斯，在俄罗斯工作。我和她是连在一起的。

我不能设想自己可以独立存在，或者在她的领域之外存在。不管我犯了什么错误，有什么迷误，我都没有想到自己会成为西方围绕我的名字煽风点火的政治运动的中心。

我意识到这一点之后，便告知瑞典科学院：我自愿放弃诺贝尔奖金。

让我离开我的祖国，对于我来说等于让我去死，因此恳求对我不要采取这种极端的措施。

说句良心话，过去我为苏联文学尽了微薄之力，今后对它还可能有用。

下面是他的签名与日期：1958 年 10 月 31 日。10 月 31 日，伊文斯卡娅把帕斯捷尔纳克签了名的信送到苏共中央后不到两小时，苏共中央文化部长波里卡尔波夫便找上门来，把帕斯捷尔纳克请到中央去谈话。伊文斯卡娅一直陪伴着帕斯捷尔纳克。波里卡尔波夫说，帕斯捷尔纳克写的信已经收到了，同意他留在国内，但一下子很难平息人们的怒火。

后来，波里卡尔波夫又单独找伊文斯卡娅谈话，通过她建议帕斯捷尔纳克再发表一个声明。帕斯捷尔纳克知道这个建议后，写了一个草稿，说他拒绝诺贝尔奖金是因为亲友的压力，为他们担心。显然，这样的信稿不是波里卡尔波夫所要求的，但伊文斯卡娅还是带着信稿去见他。

波里卡尔波夫看了信稿后，建议与伊文斯卡娅一起另外起草一份。他们利用帕斯捷尔纳克在不同时期就不同问题讲的话拼成了另一份声明，最后请帕斯捷尔纳克签名。这个声明于十月革命节 41 周年前夕，1958 年 11 月 6 日见报。帕斯捷尔纳克终于可以喘一口气了。为了平平安安过个节，为了早日使生活恢复常规，为了争取出版社能够早日接受他的稿件，从而得到收入维持两个家的生活，他觉得他不能不选择这一条路。可是伊文斯卡娅一直为这两封信感到内疚。

他们一起经受了一场暴风雨。风雨后晴朗的日子使他们的爱情的根在心田里扎得更深了。帕斯捷尔纳克觉得伊文斯卡娅如同他的一只手，右手吧！

七

节日过去了。有关单位又向帕斯捷尔纳克提出新的要求：不许会见外国人。帕斯捷尔纳克在自己家的门上贴了一张用英、法、德三种文字写的条子："不会客。"

1959年2月，文化部长波里卡尔波夫通知伊文斯卡娅说：英国首相麦克米伦将来莫斯科访问。上级不希望帕斯捷尔纳克与任何英国人见面。波里卡尔波夫建议帕斯捷尔纳克暂时回避一下。帕斯捷尔纳克本来无意离开莫斯科，恰好这时格鲁吉亚诗人塔比泽的遗孀尼娜·塔比泽写信给他的夫人吉纳伊达，邀请他们到格鲁吉亚去做客。1959年2月20日，帕斯捷尔纳克在夫人的陪同下，在英国首相麦克米伦抵达莫斯科的前夕，带着法国作家普鲁斯特的长篇小说《追忆逝水年华》启程前往格鲁吉亚首都——第比利斯市。

他这次与吉纳伊达的远行，使奥丽娅感到十分不悦，他们吵了嘴，她孤身去了列宁格勒。帕斯捷尔纳克身在南方，而心在北方，时刻思念奥丽娅，那半个月里几乎天天给她写信，有时甚至一天写两封，但是奥丽娅一封回信也没有。1959年2月26日的信是这样写的：

　　我亲爱的奥柳莎，我金子般的心爱的奥柳莎！我是多么想念你呀！天天早晨我要经受那熟悉的无端的忧愁，真让我忧愁死了。我从幼年就非常了解这种忧愁！刚刚闻到一股散发着春天气息的清新而纯洁的空气，刚刚听到窗外传来一阵鸟儿的啼啭和孩子们的欢叫，马上就出现了这隐隐作痛的恼人的忧愁。它从何而生？应当弄个明白，应当想个办法。——说来也奇怪，我的处境从来不曾像现在这样有争议和不可靠，前途从来不曾像现在这样模糊不清。不知为什么我从来不曾像现在这么头脑清楚和镇静，仿佛你，还有我们全体以及我们全家，还有孩子们，还有工作和健康——都有了保障，对他们没有任何威胁，似乎极其美好的前景在等待着我。关心把某些思想贯彻到底、渴望回家和集中精力工作——还从来没有像今天这么强烈，还没有感觉到这么重要；相信不会有任何东西能妨碍这种需求的满足会是这么坚定。

　　心爱的人儿奥柳莎，我的金子般的人儿，我的天使，请你原谅我，尽给你写些无趣的信。我没有什么事情可以告诉你。我在这儿做什么呢？我主要是在——躲藏。躲藏时的活动是阅读普鲁斯特，是散步，以防双腿麻木，还有吃饭和睡觉。尼娜·塔比泽关心我的一举一动，滥用她的关心实在是卑鄙，我没有资格向任何人要求这种关怀，从任何人那里得到关怀，尤其是得到她的关怀。这儿无人与你为敌。我跟她再没有谈过任何事。但，我总觉得很多人毫无根据地爱着我，爱我的同时也爱着你。这种默许和同意的气氛甚至来自吉纳伊达。

　　紧紧地紧紧地拥抱你。我急切地盼望这种游手好闲的日子快快结束，我们好返回去。倘若你能在莫斯科该多好，小伊拉就不必为我转寄书信了。

下面是他 3 月 1 日的信：

　　亲爱的奥柳莎，我们在这儿已经十天了，天一直阴阴沉沉，刮风，冷，今天院里第一次感到温暖，露出了太阳。刚刚过了十天，我很难想象我或许能听见你的声音，看到你的倩影。我一想到安排得良好的生活和习以为常的工作方式重又继续下去，一想到我又将开始这种生活，收信和复信，和你商量问题，和你交流你我头脑中产生的新想法，并在你的帮助下组织我们共同的事业，一想到你给我的幸福、你让我能够集中精力工作等等的日子很快就要到来时，我就觉得这都是放肆的、受之有愧和不会实现的梦想。啊，我是多么爱你呀，永远永远多么深深地有负于你呀！

接着是 3 月 2 日的信：

　　亲爱的奥柳莎，他们从来不让我独自一人去散步，总是让尼娜的女儿尼塔陪着我。她一路上给我介绍我们经过的一些房屋和地区的历史，介绍我们遇到的一些熟人的情况。这是一部又一部关于献身于道德修养的人、关于金子般心灵的书，他们在乌云密布和苦难重重的可怕岁月中彼此大力互助，这是关于自我牺牲、关于恻隐之心及弃绝私利的神奇故事。我聆听这些事时，内心感到羞愧，因为近几年来我已经变成了地地道道的、名副其实的利己主义者。这次我在第比利斯街头漫步已不像前几次来此时那么漫步了，我欣赏这座城市时大概也不像前不久米佳欣赏它时的那种目光。我这次来到这里不是为了赞美，不是为了汲取灵感，不是为了致辞与赴宴。我这次来是为了缄默和躲藏。来的时候伴随着社会的咒骂，同时也遭到了你同样公正的谴责，我带着这种沮丧和悲戚的心情，最好是坐在那里别动，并专心从事一些不需要力气和不难做到的事。我正在阅读普鲁斯特那部没有尽头的小说，我准备离开此地之前把它看完，这是我的目标。——每天醒来时和往常一样总感到非常忧愁。为什么？大概因为我常常梦见你，脑海里又不留下梦的痕迹，而你在梦中又是那么清楚。关于这种感情我在信中已经给你写过几次了。大概还因为我们在城里进行的最后一次谈话，给我留下了沉痛的印象。我觉得你做得不对。我没有做对不起你的事，或者更确切地说，我对不起所有的人，对不起时代，对不起亲人，而对不起你——则是微乎其微。即便你有充分理由替自己担忧，——喏，那又怎么样呢，这太可怕了，然而悬在你头上的危险哪一个不会与我的生活情况有关，难道不正是我的长驻可以防止这种危险的发生。有一种比我们两人在众人面前的亲切相处更纤细的线，更崇高更强壮的联系把我们结合在一起了，这一点大家看得清清楚楚。我和你在一起的生活并不是为了经受你近来提出的各种要求与责难，我们的生活全部是为了最崇高的最光明的目的，所以任何不幸也破坏不了它，无法使它失去意义，因为它本身就能战胜一切障碍与不幸。

我不能改变自己的生活，不仅仅因为我怕给周围的人带来痛苦，而且还怕此事不合情理，它会带来不必要的和急骤的变化。你我的处境在当前这种习以为常的世界中已经像是玩火了，已经是大胆的挑衅了。只要你拉一下线头，一块布就会松散，就会消失。

今天，我是今年第一次多少有些把握地告诉你，并向你做出这样的保证。我觉得，待我回到家中以后，我可以开始写作一部巨大的需要很长时间的新作，类似《日瓦戈医生》，这部长篇小说在某一部分上是那部长篇的继续。

帕斯捷尔纳克准备返回莫斯科，3月3日刚发一封信，可是第二天启程前他控制不住自己的感情，又写了一封：

奥柳什卡，我的金子啊！

昨晚我在邮局给你写了最后一封信。天下着雨，街道昏昏暗暗，马路两旁坑坑凹凹的地方积了很深的水，路灯的光影在人行道上浮动，我觉得是应当要求自己在这细雨蒙蒙的傍晚，和这座好客的城市有礼貌地告别了。可是天一亮，我又在给你写信，我的欢乐我的爱，我不指望这封信会在我之前寄到，我也不会更早地飞回来（由于有了航空事业，竟出现了什么样的动词啊）。我的欢乐我的美丽，这是多么不可思议的幸福啊：天下居然有你这个人，世界上竟有找到你和见到你这种难以想象的可能，你能容忍我，你允许我把一次到另一次见面中间在脑海与心田中所积累的一切向你倾诉和吐露，我从你那儿作为馈赠获得了一种珍贵的权利——忘我地埋头于无穷无尽地赞美你和你的才智，还有一而再再而三地赞美你的善良。也许有一天像出现你所希望的样子，也许那是错误的，也许那是多余的。不过现在，正因为你用幸福惯坏了我，使我无时无刻不领受到你那天仙之美的光辉，让我们为了温柔相爱，而对别人更宽容些。我心爱的崇敬的人儿呀，你自己都不知道你时时刻刻在教我以温柔，如果需要的话，我们应当对别人比以前更宽厚、更关切，这么做正是为了不再分离的光明时刻，它是那么热烈地，那么经常地，那么充实地把我们联系在一起。

　　拥抱你，我的白皙的美和温柔，你会以我对你的感激而把我引向疯狂。

　　帕斯捷尔纳克追求过她，热爱过她。他们的热恋中渗进了嫉妒。感情生活中碰过难关，拌过嘴，他又不止一次想跟她分手，不是因为不爱了，而是因为解决不了家庭问题，这次去格鲁吉亚之前，他们又拌了嘴，他在第比利斯没有收到她片言只语，他不能跟她正式结合，又不能跟她断绝往来。这次尤甚。他坦率地写出了自己心中的话，他相信奥丽娅通情达理，但她是否能谅解他？宽恕他？他要求奥丽娅再宽厚，再关切，正是为了能够继续他们隐秘的爱情。她能做到吗？

八

　　帕斯捷尔纳克决心跟原来的家庭分开，和伊文斯卡娅正式结合。他已做好打算，先搬到《金玫瑰》的作者帕乌斯托夫斯基在塔鲁斯的家中住一段时间，他让伊文斯卡娅做好准备。六十九岁的老人能办得到吗？奥丽娅不是没有怀疑，但，她多么希望帕斯捷尔纳克的话能成为事实啊！

1960年1月20日。窗外是寒冬，她的心房却是暖烘烘的。她正在等待帕斯捷尔纳克来搬家。他来了。奥丽娅立刻发现他的脸色不对，不用细问，他又变卦了。他抽泣地说，他不能拆散原来的家庭，他不能让亲人们受罪。伊文斯卡娅一气之下跟他大吵了一架，两人不欢而散。这已是第几次了？

伊文斯卡娅离开作家村住宅，回到了莫斯科。晚上九时电话铃响了。

她拿起了话筒："奥柳什卡，我爱你……"她当即把电话挂了。

第二天上午，电话铃又响了。

"奥柳什卡，你别挂电话……"帕斯捷尔纳克在恳求。伊文斯卡娅这次没有挂断。

在这之前，波里卡尔波夫已来过电话，要求奥丽娅劝帕斯捷尔纳克不要再做蠢事。波里卡尔波夫没有详细解释话的内容。这让奥丽娅感到莫名其妙。又出什么事了？

她同帕斯捷尔纳克通了电话后便匆匆回到彼列捷尔金诺去了。帕斯捷尔纳克详详细细地讲了昨天晚上的经过。昨天晚上她走以后，他想到诺贝尔奖金带来的灾难，想到共患难的情人的出走，他心里非常难过，便写了一首诗。之后，他去找她，她不在家，路上遇到一个外国记者，要求他随便讲几句。他不想发表任何讲话，便顺手把刚刚写完的诗递给了记者。外国记者如获至宝，何况诗中还写出了他获奖后的遭遇，立刻作了报道。这事又惹来了麻烦。

我遭了殃，像只野兽陷入围猎。
我和自由的天地、和人群、和光明已经告别，
我身后是一片追捕的喧嚣，
我冲出去的可能已被堵截。

树林黑压压，一棵云杉，
我倒在地上，水塘旁边。
所有的道路已被切断。
听天由命吧，什么也不管。

我是恶棍，是杀人犯？
我斗胆乱写了些什么呀，
我让世界看见了
我的国土的美丽而泪水涟涟。

追捕的圈子越缩越紧。
另一件事怪我，有口难言：
我的右手不跟我在一起——
心中的人儿不在我身边。

绳索勒住我的脖颈，

这时还有一个希望与我相随，

我希望我的右手

能为我拭掉眼中的泪水。

这首诗是写给伊文斯卡娅的，是思念痛苦时她给予他的安慰，是临终时感情的一种寄托。这首诗并不是为了发表，可是偶然的机会却使它传开了。当然，这首诗还有另一层寓意。西方记者对此很敏感。当这首诗冠以《诺贝尔奖金》标题时，恰好揭示了他那刚愎不驯的性格被扭曲后的辛酸心态。

九

1960 年 2 月 10 日，星期三，帕斯捷尔纳克七十诞辰。两个家都为他分别聚餐。他一向不喜欢别人给他祝寿，但这是亲友们的心愿啊！

小别墅里这一天收拾得特别干净，奥丽娅穿上了帕斯捷尔纳克最喜欢的衣裙。客人散了。他们两人在一起阅读国内外寄来的大批贺信，欣赏各地寄来的礼品。美国文学艺术研究院这时授予他名誉院士的称号。

每年春天帕斯捷尔纳克都感觉身体不适。今年也不例外。

他告诉奥丽娅，也许有几天不能到小别墅来看她，希望她放心。

吉纳伊达在大别墅里对他的护理十分周到。帕斯捷尔纳克发现自己的体力、呼吸、精神都日益虚弱。他考虑到如何处理自己未完成的剧本手稿《盲美人》。这可能是自己最后的作品了。他曾向奥丽娅详细讲述过故事内容、创作思想、人物处理。他想，把这部未完成的手稿保存在奥丽娅处，也许是最妥善的办法。

4月下旬的黄昏，景色迷人。他走出院落，沿着湖畔跨过木桥，来到"小别墅"，即奥丽娅的住处。他的突然到来，使奥丽娅又惊又喜。她觉得他的脸色有些憔悴，一直挺着的胸有些蜷缩了。当他亲吻时，她觉得他在努力追回失去的精力。他让奥丽娅代他收下《盲美人》的手稿。临别时，他说："我现在要专心对付自己的疾病了。我知道，我相信，你爱我，因此我们才坚强有力。我求你，请你不要改变我们的生活方式……"

几天后，帕斯捷尔纳克病倒了，在大别墅里养病，他的夫人禁止奥丽娅去看望。奥丽娅觉得像是当年那个黑发女人又出现在她面前，拦住了她的去路，她怎么也摆脱不了那个影子。帕斯捷尔纳克不断地让探视的人给她捎信，把一封封信带去，又把一封封信捎来。

　　我的金子般的美人呀，你的来信是馈礼，是珍宝。只有它才能医治我的病，振奋我的精神，给我灌输活力。不过我的心脏经常地或长时间地有因或无故地出现跳动不匀的现象。这种情况可能导向绝境。谢谢你为我做的一切。

　　紧紧地吻你，我的天使。1960 年 4 月 30 日

　　心爱的奥柳莎，你昨天提到的有关疗养院的幻想，使我不胜吃惊。这纯属呓语，还带一点残忍。现在我连刮脸的力气都不足，肩胛骨痛起来刮脸刀就会从手中掉落，同一原因使身体的一般的机能运转迟缓甚至中断。想要给我作透视都无法把我送到市里去，在这种情况下，突然要把我拖到莫斯科郊外某一疗养院去，这又何必呢？难道说你害怕自己缺乏耐心等不及我恢复健康，等不及一切恢复原状，等不及生活和过去一样又会照常进行吗？其实，是有盼头的，此事绝对会实现，这是多么大的幸福啊！一两天以前对此还可以有所怀疑。这不是使人致死的病，这只是神经肌肉发炎，因此就不该得出结论，认为是想入非非或者说我是在胡说，在做文章。只要人还有力量制止这种疼痛，我就跟疼痛抗争，这无非是为了跟你见面，为了生活，为了工作。可是后来不行了，变得不可思议了。我真不明白什么事情使你如此不安。客观的见证（心电图等等）使人相信我是能够恢复健康的。我现在已经好些了。我所有的好东西或者我想到的好主意，我都告诉了你或者寄给了你：剧本的手稿，现在再把证书寄给你。大家都高高兴兴地帮助我们。难道我们就忍受不了这短期的分离，即使需

要某些牺牲，难道就不可以做出这些牺牲吗？我是在心脏跳动得极不匀的情况下给你写这封信的，从写第一行起就一直如此。我相信，我不会因此而死去，但，是否需要如此呢。倘若我已确实面临死亡，我一定坚持要求把你叫来见我。不过现在不需要这么做，这是多大的幸事。看来一切都会恢复原状，这种情况使我想到是无功而得，犹如童话，难以置信！！！

信中提的"证书"指美国艺术研究院授予他该院名誉会员的证书。信中还询问《浮士德》的稿费以及艺术出版社最近是否真有可能付给他翻译莎士比亚剧本的稿费，随后叮嘱奥丽娅一定把《盲美人》的手稿装订起来，免得阅读时弄散掉页。最后是他亲切的祝愿：

紧紧地拥抱你，恳求你放心。不写了，心脏跳得厉害。1960年5月5日，星期四。

医院派来护士，日夜守护在帕斯捷尔纳克身边。伊文斯卡娅不能去吉纳伊达的家，只好每天站在路口，等候换班的护士，向她们打听帕斯捷尔纳克的病情。

5月31日早晨六时，她和往常一样，又来到路口。她焦急地远眺，终于从拐弯处闪出了老护士的身影。老护士低着头，迈着急促的步伐。伊文斯卡娅追上去问她，老护士捂着嘴，摇摇头，没有停步。她明白了，她最怕的日子到来了。她不顾任何禁令，不顾黑发女人的身影的阻拦，直奔大别墅，冲入房间。没人拦阻，室内异常地静。一点声音也没有，似乎怕吵醒帕斯捷尔纳克的梦。帕斯捷尔纳克躺在床上，一束阳光透过窗户射进来。她洒着热泪扑了过去。她觉得他的脸还散发着热气，她觉得他在静静地睡着，睡着……

她要把他唤醒，她要他睁开那双闪光的眼睛，但他没有反应。

他没有来得及跟她告别便走了，永远走了。

尾　声

帕斯捷尔纳克静静地躺在棺材里，表情仍然是那么严肃。他走了，离开了这个世界，离开了他心爱的女友。

帕斯捷尔纳克一生对妇女怀有特殊的感情。他说过："……我从童年时代起就对妇女怀着羞怯的敬慕之情，我一生为妇女的美、为妇女在生活中的地位、为对她们的怜悯和对她们的恐惧所震惊。我是个现实主义者，对土地知道得清清楚楚，这并非因为我像唐璜似的经常地和多次地在土地上与妇女忘忧遣怀，而是因为我从童年起便在妇女走的路上把石子从她们的脚下的土地上拣走。

"为数不多的与我有过来往的妇女——是舍己为人的受难者，我'作为一个男人'是如此令人厌恶和枯燥乏味，是如此经常地不可救药地和无法解释地软弱，至今还不认识自己，也不了解这方面的情况。也许这个扭曲了的、精疲力竭的人，从童年就献身于她们，并从童年就为她们而痛苦的人，从遥远遥远的地方总算勉勉强强来到了她们面前，一路上还经受了为她们而进行的崇高的战争的摧残，这一点使她们受到了感动。也许是这种永远使妇女根据自己童年的回忆而感到亲近的、在生活中包罗那么多的、至今仍然保持下来的纯洁，使她们受到了感动……"

他对妇女特别有感情。爱妈妈，爱妹妹，爱妻子，爱女友……他想为她们多做些奉献，可是他那古怪的脾气使他往往适得其反，不知刺伤了多少妇女的心。

他怎能不悔恨自己对妈妈的态度？

那是1935年。帕斯捷尔纳克作为苏联代表团成员之一，前往巴黎出席作家保卫文化国际大会。火车路经德国的慕尼黑，他的父母就在那里。自从1921年父母携同两个妹妹离开祖国后，他们一直住在德国。1923年帕斯捷尔纳克在柏林跟他们见过一面。十二年过去了。这次他本可以下车去看望双亲，可是他没有去。他觉得空手而去不好，希望有朝一日有些成就时再去见父母也为时不晚。

可是过了不久，母亲亡故了，后来父亲也亡故了。帕斯捷尔纳克想见双亲也不可能了。他一直记着当时他的妹妹茨维塔耶娃给他写的一封信，她是那么赤诚地表示了做女儿的对母亲的爱，使他的心像被针尖扎了一般疼痛。她说："你就是杀了我，我也想不通，乘火车从母亲身旁经过而不下车，置十二年的盼望于不顾，不让母亲等你——母亲是不会理解的。我对这种做法的理解也已经达到极限，作为一个人的理解的极限。如果我是你的话，我要做的与你恰恰相反：我会背上火车去看望她老人家（虽然我也可能同样怕跟她见面，也不见得为此更高兴）……"

妈妈不在了，爸爸也不在了，大妹妹也不在了。只剩下一个二妹妹丽达在国外。他在弥留之际曾多么想让二妹妹从英国来一趟呀！他觉得丽达会在他咽气之前调解奥丽娅与吉纳伊达的关系。她怎么还不来呀！

丽达来了，从英国来了。当她来到莫斯科时，帕斯捷尔纳克的丧事已过了两天，大哥用埋葬他的新土堆成的坟墓迎接了二妹。

他曾想到第一个妻子，画家卢里叶。是她的强烈的事业心妨碍了他们两人的感情，还是他那多情的心别有追求，而破坏了最初的家庭？卢里叶为他生了一个儿子。她替儿子画的像一直挂在他的床头上。卢里叶伤心地走了，去了国外。

他想到第二个妻子吉纳伊达。帕斯捷尔纳克与她的结合使两个家庭解体。吉纳伊达善于理家，善于烹调，善于为帕斯捷尔纳克安排良好的写作环境。可是日子一久，他又感到不满足。他在名义上和吉纳伊达在一起，但感情已经转移了，不过，在他去

262

世之前，他为吉纳伊达和他们的孩子做了妥善的安排。正像他说的："钱足够吉纳伊达和小廖尼亚用半年，过了这段时间让他们自己去想办法，采取措施吧。他们会有自己的朋友，谁也不会欺侮他们。"

也许帕斯捷尔纳克最惦念的是伊文斯卡娅。这位跟他在一起偷偷生活了十四年，为他两次怀孕又两次流产的可怜的女人。她一生够不幸的了。他死后是否会有人欺侮她？她还会遭到怎样的新的灾难？他没有能在生前妥善地解决两个家庭、两个别墅的矛盾。他不知道他让她代为保存的剧本《盲美人》会有怎样的遭遇。

的确，帕斯捷尔纳克生前没有估计到他的女友后来遭受的不幸。苏联保安机关向她索要《盲美人》的手稿，对她刁难。最后趁外国某出版社代表给她送稿费现款时，于1960年8月16日将她再次逮捕。这事发生在帕斯捷尔纳克去世后仅仅三个半月的时间。苏联法院给她判的新罪名是"走私犯"。有人甚至散布谣言，说她"迫使帕斯捷尔纳克撰写了《日瓦戈医生》，并寄往国外，以便个人发财……"半个多月以后（9月5日），她那个在文学院读三年级的女儿伊拉，也被逮捕，罪名是非法接受外国人的钱款。伊文斯卡娅这次又被判处六年徒刑，她的女儿伊拉被判处三年徒刑。

伊文斯卡娅对自己的苦难的一生自有看法。她说："生活对我一点也不慈悲。可是我不抱怨，因为生活给了我爱。"她爱了她崇敬的人。她也被崇敬的人所爱。她心甘情愿为自己的心爱的人受苦受难，甚至流放坐牢。她协助心爱的人唱出了他的天鹅之歌，表达了自己的人生观，正像帕斯捷尔纳克自己说的："听从命运的盲目摆布"，"有幸充分表现了自己，作为一个艺术家没有被扼杀掉，也没有被践踏死。"

帕斯捷尔纳克与伊文斯卡娅这段辛酸故事是也，非也，让世人去论说吧！